주님을 기다리는

대합실

주님을 기다리는 **대합실**

초판1쇄 인쇄 2011년 1월 20일
초판1쇄 발행 2011년 1월 25일

지은이 변재호
펴낸이 이영선
펴낸곳 서해문집

출판등록 1989년 3월 16일 (제406-2005-000047호)
주 소 경기도 파주시 교하읍 문발리 파주출판도시 498-7
전 화 (031)955-7470 | **팩스** (031)955-7469
홈페이지 www.booksea.co.kr | **이메일** shmj21@hanmail.net

ISBN 978-89-7483-458-6 03810

주님을 기다리는

대합실

변재호 제2 수상록

서해문집

기다리다가 그리운 이를 만나는 곳도 대합실이요, 함께 있다가 사랑하는 이를 아쉽게 떠나보내는 곳도 대합실이다. 대합실은 만나고 헤어지는 인생의 길목이다. 그곳은 사랑과 원망이, 반가움과 서운함이, 기쁨과 안타까움이 끊임없이 교차하는 삶의 현장이다.

나에게도 수많은 만남과 헤어짐이 있었다. 돌아보면 불행한 헤어짐은 있었어도 불행한 만남은 없었다. 나에게 있어 만남은 언제나 축복이었다. 그중에서도 가장 큰 축복은 주님을 만난 것이었다.

표제를 『대합실』이라 했다. 주님을 만나기 전까지 내 삶의 자리가 주님을 기다린 '나의 대합실'이었다고 생각하고 싶었다.

Ⅰ부 '대합실'은 표제의 제목을 그대로 옮겨 왔다. 주로 만남과 헤어짐에 대한 상념을 담은 글들을 실었다. 몸으로나 마음으로나 만남과 헤어짐은 언제나 내 삶의 의미이자 내가 살아가는 동력이다.

Ⅱ부 '사랑 이야기'는 고린도전서 13장(사랑장)의 내용을 두고 우리 교회 '양 무리' 교우들과 나눈 이야기를 정리해 본 것이다. 항상

나에게 용기를 불어넣어 주는 우리 '양 무리' 가족이 있어 요즘의 나는 매양 행복하다.

Ⅲ부 '은혜의 밭'은 말씀을 묵상한 것으로, 주로 가정 예배 때 가족들과 나눈 내용들을 정리한 것이다. 말씀들이 이제는 나를 지키고 키우는 은혜의 밭이 되어 있다. 내가 받은 은혜를 특히 내 아이들에게 두고두고 들려주고 싶었다.

Ⅳ부 '사신私信'은 직접 편지로 썼거나, 이메일로 사사로이 보낸 사연들이다. 소중한 사람들과 나눈 내 삶의 편린들이라 몇 가지를 골라보았다.

첫 수상집 『갓길에 서서』를 낸 지 7년이 지났다. 신학자 칼 러너는 "우리 각자의 인생은 하나님과의 러브 스토리"라고 했다. 그동안의 내 삶이 그랬다. 여기 실은 사연들은 하나님을 향한 내 나름의 어설픈 사랑 고백인 셈이다.
이번에도 서해문집 김흥식 사장의 신세를 졌다. 출혈이 적지 않았을 텐데, 미안한 마음과 감사하는 마음을 아울러 전한다.

차 례

I 대합실

Ⅱ 사랑 이야기

III 은혜의 밭

Ⅳ 사신私信

처음으로 하늘을 만나는 어린 새처럼

처음으로 땅을 밟고 일어서는 새싹처럼

우리는 하루가 저무는 저녁 무렵에도

아침처럼 새봄처럼

처음처럼 다시

새날을 시작하고 있다

(신영복, 「처음처럼」 중에서)

I

대
합
실

대합실 待合室

．
．
．

    공항 대합실은 기다리는 사람으로 붐비고 있었다. 연방 시계를 들여다보며 안절부절 조바심하는 사람이 있는가 하면, 뒷짐을 지고 서성이는 사람도 있고, 의자에 앉아 느긋이 담소를 나누는 사람도 있다. 모두 누군가를 기다리는 사람들인데도 그 기다리는 모습들이 각양각색이다. 이는 기다리는 방식의 차이일까, 기다리는 사람의 성격 차이일까 하고 생각하다가, 문득 그것은 기다리는 대상에 대한 사랑의 깊이 차이일지도 모른다는 생각이 들었다. 기다린다는 것은 누군가를, 또는 무엇인가를 사랑한다는 것이기 때문이다. 사랑하지 않는 것을 기다리는 것은 기다리는 것이 아니다. 그것은 죽음을 기다리는 것만큼이나 참혹한 일임에 틀림없다. 죽음의 골짜기에서는 저승사자도 반갑다던가. 어쨌든 대합실은 만남에 대한 설렘으로 가득 차 있었다.

출구로 사람들이 나오기 시작했다. 두 손을 번쩍 쳐들고 환호성을 지르는 사람이 있는가 하면, 달려가 거리낌 없이 얼싸안는 사람도 있다. 그런가 하면 손만 한 번 들어 보이고는 뒤돌아 앞서 나가는 사람도 있다. 기다리는 모습이 각각인 것처럼 만나는 장면도 가지가지다. 그러나 그들의 표정이 공통적으로 보여 주는 것은 반가움과 안도감이었다. 그것이 그들 모두의 얼굴에 넘쳐흐르고 있었다. 반가움은 삶의 생기고, 안도감은 삶의 무게다. 대합실이 갑자기 떠들썩한 잔치 마당 같다는 생각이 들었다.

기다리는 마음은 사랑하는 마음이다. 우리는 항상 무언가를 기다리며 살아가고 있다. 그러나 사랑이 언제나 꿀같이 달기만 한 것이 아니듯이 기다림 또한 반드시 즐거운 것만은 아니다. 공항에서 시간 맞추어 오는 지인을 기다리는 것 같은 그런 기다림만 있는 것이 아니기 때문이다. 우리를 지치게 하는 기약 없는 기다림이 얼마든지 있다. 그래서 기다림이 때로는 고통일 수도 있다. 기다리는 것을 '고대苦待한다'고 말하는 것도 그 때문일 것이다. 이 고통 때문에 우리는 너 나 할 것 없이 기다림에 아주 인색하다. 현대를 살아가면서 어느 틈에 조급증 환자가 되어 버린 우리가 무엇이든 오래 참아 낸다는 것이 그렇게 수월한 일이 아니기 때문이다. 하지만 사랑은 '참는 것'이라고 했다. 그것도 '오래 참는 것'이라고 성경은 가르치고 있다. 그러므로 '기다림'과 '오래 참음'은 같은 마음자리의 다른 표현에 지나지 않는다. 기다림이 아무리 힘들다 하더라도 기다림이 없는 것보다는 훨씬 행복하다. 우리는 기다림을 통하여 진정한 사랑의 의미를 배운다.

　사랑할 줄 안다는 말은 결국 기다릴 줄 안다는 말이 된다. 아내의 잔소리가 정다운 속삭임으로 들릴 때까지 기다리는 것이 남편의 사랑이고, 남편의 미련함이 모든 것을 끌어안는 넓고 큰 가슴으로 보일 때까지 기다리는 것이 아내의 사랑이다. 마주만 보던 것이 언제나 같은 방향을 볼 수 있을 때까지 기다리는 것이 부부의 사랑이고, 집 나간 자식을 돌아올 때까지 기다리고 또 기다려 주는 것이 부모의 사랑이다.

　기다림은 또한 소망이기도 하다. 사랑이 바로 소망이기 때문이다. "사랑은 모든 것을 바라며", 이는 성경 말씀이다. 소망이 바로 바람이고, '바람'을 마음속에 그리는 것이 꿈이다. 꿈은 반드시 이루어진다. 이것이 꿈의 법칙이다. 그러므로 기다림의 목표가 소망이고, 기다림의 과정이 참음이다. 그래서 우리는 그냥 기다린다고 하지 않고 으레 '참고 기다린다'고 말한다.

　일제 치하에서 우리 민족은 35년을 기다려서야 광복을 맞았다. 광복은 당시 우리 민족 공통의 절실한 소망이었다. 이집트를 탈출한 이스라엘 민족은 가나안 땅으로 가는 데에 광야를 방황하며 40년을 기다렸다. 가나안은 하나님이 주신 이스라엘 민족의 소망의 땅이었다. 이들이 기다린 그 긴 기다림의 시간들은 또한 참담한 참음의 세월이

기도 했다. 그 세월이 아무리 길어도, 그 과정이 아무리 힘들어도 기다림은 우리를 소망 속에 가두어 둔다. 기다리면서 딴 길을 가는 사람은 없기 때문이다.

소망은 우리가 살아가는 이유다. 소망을 잃어버린 사람은 살아가는 이유를 잃어버린 사람이다. 그들에게 남는 것은 오직 절망뿐이다. 절망한 자가 가는 길은 자포자기自暴自棄다. 자포자기는 기다림을 버린 사람이 도달하는 곳이다. 소망을 가진다는 것은 기다림을 끊지 않았다는 것이다. 그들은 현재가 아무리 절망적이라도 절망적인 결론을 내리지 않는다. 기다림이 있기 때문이다. 기다림은 사랑이고 소망이고 삶의 의미다.

사람들이 모여 기다리는 곳이 대합실이다. 이 세상이 하나의 커다란 대합실이 되었으면 좋겠다는 생각을 했다. 사랑을 만나고 소망을 이루는 대합실—얼싸안고 소리 지르고 만세를 부르는, 신나는 잔치마당이 되었으면 좋겠다고 생각하며 출구를 나서는 누이를 향해 손을 흔들었다.

(2009.)

누이의 소천 召天

. . .

생사의 길이 여기 있음에

"나는 갑니다" 말도 못 다 이르고

너는 가느냐(누이야)

어느 가을 이른 바람에

여기저기 떨어지는 나뭇잎처럼

한 가지에 나고서도

가는 곳을 알 수 없구나

(월명사, 「제망매가」 중에서)

    중환자실에 누워 있는 누이의 얼굴이 그렇게 평화스러울 수가 없었다. 엄마 품에 안겨 포근히 잠이 든 아가의 얼굴을 보는 것 같았다. 주님 품에 안긴 천사의 모습이 저런 것이 아닌가 했다. 누이가 뇌출

혈로 의식을 잃고 쓰러져 이곳 일산 백병원 중환자실에 실려 온 지 벌써 2주째가 된다. 그동안 병원에서 할 수 있는 조치는 다 취해 보았지만 그는 깨어나지를 못했다. 담당 의사도 더 이상 손을 쓸 방도가 없다고 한다. 이제 정말 가는구나 생각하니 가슴이 미어지는 듯 아파 왔다.

　나는 아직도 온기가 남아 있는 그의 손을 잡으며 "영애야!" 하고 가만히 불러 보았다. 참으로 오랜만에 불러 보는 내 누이의 이름이었다. 그가 남의 아내가 되고, 여러 아이의 엄마가 되고, 그보다 더 많은 손자 손녀의 할머니가 되는 동안 나는 그의 이름을 다정히 불러 본 일이 없었다. 어느 틈에 그는 이름 대신 "○○이 엄마", "○○이 할머니"로만 불렸기 때문이었다. 나도 따라 그런 호칭으로 불러 왔다. 그것이 나이 든 누이에 대한 대접이라 했다. 그랬던 그의 이름이 나도 모르게 불쑥 튀어나왔다. "이제 너를 보내야 되겠구나. 네가 그렇게도 소망하던 천국이 아니냐? 편히 가거라." 그의 손을 매만지며, 울먹이며 나는 속으로 이승에서의 마지막 작별을 나누었다. 그를 두고 돌아서는 발길이 그렇게 무거울 수가 없었다. 뒤돌아보고 뒤돌아보고, 좀처럼 발길이 떨어지지 않았다. 죽음은 육체에 대한 끊임없는 봉사의 요구에서 해방되는 것이라 했다. 죽음을 최종적인 자유의 달성이라고 설파한 사람도 있었다. 그리고 죽음은 육체적 생명의 평온한 중지中止라고도 했다. 가슴이 찢어지는 것 같은 이런 내 마음과는 달리, 세상의 온갖 짐을 다 벗어 놓은 듯, 온전한 자유에 몸을 맡긴 듯 정말 그의 모습은 너무나 평온했다. 그나마 이것이 마지막으로 그를 바라보는 나에게는 큰 위로가 되었다.

그리고 그날 밤 그가 운명했다는 조카의 전화를 받았다. 이미 예기하고 있던 일이었는데도 다리가 후들거려 일어서지지 않았다. 의식을 잃고 쓰러진 지 만 14일. 한 번도 의식을 되찾지 못하고, 그야말로 "나는 갑니다." 말 한마디 못 이른 채 곡절 많았던 이 세상을 그는 그렇게 떠나고 말았다. 병원으로 달려가는 차 속에서 하염없이 흐르는 눈물을 훔치며 '잘 떠난 거야! 정말 잘 떠난 거야!' 속으로 나는 열심히 나를 설득하고 있었다. "최상의 죽음이란 미리 예기치 않았던 죽음이다"라는 몽테뉴의 말을 상기했다.

그가 쓰러지기 전전날이 주일이었다. 함께 예배를 마치고 그들 부부와 우리 내외는 언제나 그랬던 것처럼 점심을 함께하면서 한가히 세상 걱정도 하고 손자들 자랑도 하며 태평한 시간을 보냈고, 다음 날에는 그가 지병인 내 허리를 걱정하는 전화까지 했었다. 그랬던 그가 그렇게 쓰러지고 그렇게 갈 것이라고 누가 상상이라도 했겠는가? 그러니까 그의 죽음은 그야말로 예기치 않았던 것이었다. 더할 수 없이 평온했던 임종 직전의 그의 모습을 떠올리며, 글자 그대로 예기치 않았던 그의 죽음을 하나님의 축복으로 받아들이려고 애써 나를 달랬다.

빈소가 차려졌다. 빈소에 걸린 사진을 바라보는 순간 참았던 울음이 울컥 솟아났다. 웃는 듯 마는 듯한 그의 얼굴이 "오빠!" 하며 금방이라도 걸어 나올 것처럼 살아 있었다. 릴케는 "올이 서로 얽혀서 달리듯이 죽음이 삶 안에 있다"고 했다. 67년의 세월을 그는 항상 내 곁에 있었다. 아니 내가 항상 그의 곁에 있었다고 해야 옳을 것 같다. 내가 더 많이 그를 의지하고 있었기 때문인지도 모른다. 앞으로도 계속 내 곁에 그가 있을 것 같다. 그를 보내면서도 새삼 그가 죽었다는 사실이 도무지 실감이 나지 않았다. 조카사위가 집어 주는 휴지로 눈을 비비며, 나는 답답한 가슴을 쓸어안으며 가만히 빈소를 빠져나왔다.

"죽음은 나뭇잎이 지는 것 같은 현세의 한 조용한 질서에 지나지 않는다"고 일러 준 사람이 있었다. 호메로스의 시구詩句를 생각했다.

사람은 나뭇잎과도 흡사한 것
가을바람이 땅에 낡은 잎을 뿌리면
봄은 다시 새로운 잎으로 숲을 덮는다.

봄이 와 다시 새로운 잎이 돋아나듯 그는 언제나 새로운 잎으로 내 곁에 살아 있을 것이라고 스스로 나를 위로했다. 그러면서 한편으로는 평생 주님을 섬기며 천국의 소망을 안고 살았던 그라, 그는 지금 자신의 믿음대로 육신의 장막 집을 허물고 소망하던 천국으로 거처를 옮긴 것이요, 다시 사는 것과 영원히 사는 것을 이룬 것이라고 나는 열심히 주님의 가르침에 매달리고 있었다.

(2005.)

은사 해암海巖 김형규金亨奎 선생님

.
.
.

　나는 참으로 어려운 시기(1950년대 말)에 교사가 되었다. 그 당시 서울에서 교사직을 갖는다는 것은 그야말로 하늘의 별 따기였다. 졸업을 앞두고 다행히 서울에 배정을 받기는 했으나, 전후좌우 아무리 둘러보아도 붙들 가지 하나 없는 시골 태생인 나에게 서울은 얼음같이 차가운 곳이었다. 서울시 교육 위원회 중등교육과장이 내 고향 사람이라고 일러 주는 사람이 있어, 아는 분의 소개장을 들고 용기를 내어 그분을 찾아갔다가 "미련하게 서울 배정을 왜 받는단 말이냐. 서울에는 꿈도 꾸지 마라"는 호통만 듣고 돌아왔다. 더 기다린다고 나에게 돌아올 자리가 있을 리가 없었다.

　할 수 없이 고향으로 내려가기로 하고 짐을 꾸리고 있는데, 땀을 뻘뻘 흘리며 내 하숙집을 찾아온 사람이 있었다. 뜻밖에도 해암海巖 선생님께서 보내신 인편이었다. 집을 찾느라 몇 시간을 헤맸는지 모른다고 투덜대며 쪽지 한 장을 건네주었다. "내일 아침 서울고등학교 조좌호 교장을 찾아보게." 낯익은 선생님의 필적을 보고 나는 하마터면 눈물을 흘릴 뻔했다. 낙향을 하루 미루기로 하고 다음 날 서울고등학교 교장실로 찾아갔다. 조 교장 선생님은 나를 한 번 훑어보시더니 "선생이 춘향전에 조예가 깊으시다며……." 밑도 끝도 없는 이 말 한마디를 던지고는 어리둥절해 하고 있는 나를 세워 둔 채 교무주임을 불러 시간 배정을 지시하는 것이었다. 이렇게 하여 내 첫 근무처는 서울고등학교가 되었다.

나는 해암 선생님이 조 교장 선생님께 어떤 식으로 나를 소개하셨는지 전혀 아는 바가 없다. 어쩌다가 선생님을 뵈면 "잘하고 있지?" 하고 웃으실 뿐 거기에 대해서는 일절 말씀이 없으셨고, 나도 감히 여쭈어 보지 못했다. 느닷없이 춘향전 이야기가 나오는 것으로 보아, 내 졸업 논문 「춘향전 연구」에 대하여도 언급이 계셨던 것이 아닌가 어렴풋이 짐작할 뿐이었다.

아무튼 이때 내 마음속에 새겨진 선생님에 대한 감사한 마음은 그 후 내 40년 교원 생활뿐만 아니라 내 삶을 지탱하는 흔들리지 않는 좌표가 되었다. 선생님께서는 나에게 첫 근무처를 주선해 주신 것이 아니라 세상 살아가는 마음가짐을 심어 주신 것이었다. 무심한 듯하시면서도 제자들에 대한 세심한 배려가 유난했던 분으로 정평이 나 있는 선생님이셨지만, 그 배려가 불초 나에게까지 미칠 것이라고는 상상도 못 했었다. 내 처지를 선생님께 하소연해 본 적이 한 번도 없었기 때문이다. 그런데도 선생님께서는 내 첫길을 이렇게 열어 주신 것이었다. 나는 선생님에게서 따뜻한 마음씨를 배웠고, 모든 사람에게 항상 감사하며 살라는 가르침을 받았다. 그리고 나는 선생님께서 베풀어 주신 이 무언의 가르침을 놓지 않으려고 기를 쓰며 내 인생을 살아왔다. "항상 기뻐하라, 끊임없이 기도하라, 범사에 감사하라"는 성경 말씀을 접한 것은 훨씬 뒤의 일이었다.

나는 내 교원 생활을 한 번도 불행하다고 생각해 본 적이 없었다. 감당하기 힘든 어려움과 좌절을 겪은 것이 한두 번이 아니었지만, 그때마다 선생님을 생각하며 내 마음을 다스렸다. 그래서 기뻐하며 감사하며 그렇게 나는 40년 교원 생활을 보낼 수가 있었다. 나는 내가 참으로 행복한 교사였다고 지금도 생각하고 있다. 선생님께서 나에게 심어 주신 그 '감사하는 마음'이 바로 나를 행복하게 하는 씨앗이 되었기 때문이다.

선생님께서 가신 지 어언 10년, "행복이란 것은 결국 감사하는 마음으로 세상을 바라보는 것이다." 선생님의 다정한 목소리가 옆에서 들리는 것만 같다.

(2007.)

거인巨人 유성규柳聖圭

외우畏友 시천柴川 형兄의 팔순을 축하하며

●
●
●.

사랑이란 다함이 없는 것 저 하늘을 보라

너울너울 鶴이 돈다 ─ 해가 돋는 걸

치솟아 北天을 도는 철새일 순 없는가

(유성규, 「설매도」 중에서)

　너울너울 하늘을 나는 학 같기도 하고, 치솟아 북천을 도는 철새 같기도 한 시천柴川 유성규 시인이 팔순을 맞게 되었다. 시천을 대할 때마다 나는 성경에 나오는 야베스의 기도를 생각하곤 한다. 야베스의 기도에 "복에 복을 더하사 나의 지경을 넓히시고"라는 대목이 있는데, 이 '지경'이란 말 때문이다. '지경'이란 원래 '땅과 땅의 경계'를 가리키는 말이지만 반드시 그런 뜻으로만 쓰이는 것은 아니다. 우리가 계획하고 추진하고 도전하는 모든 영역이 다 우리의 지경이 될 수 있다. 브루스 윌킨슨이란 사람은 "당신이 어떤 직업에 종사하고 있건 당신의 사업은 하나님께서 당신에게 맡겨 주신 지경이다"라고 설파하고 있다. 내가 시천을 대할 때마다 이 '지경'이란 말을 연상하는 것은, 만나는 자리에서마다 어김없이 새로운 영역에 대한 도전을 이야기하는 그를 보기 때문이다. 그것은 누가 보아도 끊임없이 자신의 지경을 넓혀 가려는 장엄한 의욕이요, 도도한 정열임이 분명하기 때문이다.

내가 시천을 새롭게 보기 시작한 것은 몇 해 전, 그가 대표로 있는 '시조생활時調生活사'가 제정한 시조문학상* 시상식에 참석하고부터다. 넓은 식장(한국일보사 13층 라운지, 송현松峴클럽)을 가득 메운 참석자들의 면면을 살펴보고 나는 입을 다물지 못했었다. 구순을 넘기신 작곡가 김동진 옹, 팔순이 넘으신 이응백 교수님을 위시하여 많은 원로들이 자리를 함께하셨고, 이름만 들어도 알 만한 교육계, 방송계, 언론계 여러 인사들이 어느 틈에 시천의 제자가 되어 시인의 자격으로 식장을 메우고 있었다. 나는 여기서 그가 넓혀 놓은 광대한 지경의 한 자락을 눈을 비비며 새롭게 바라보게 되었다. 평소 그에 대하여 조금은 무관심했던 자신이 그렇게 부끄러울 수가 없었다. 이때 이후로 그는 내 눈에 태산 같은 거인으로 비치기 시작했다. 내가 '지경'이란 말을 입에 담을 때마다 시천을 연상하게 된 것은 이때부

---

*2006년도 시천시조문학상柴川時調文學賞, 난대시조공로상蘭臺時調功勞賞, 신인문학상新人文學賞

터였다. 그를 만나는 횟수를 거듭할수록 그의 앞에 굽이굽이 무너져 가는 지경의 강둑들이 손에 잡히듯 떠오르곤 했기 때문이다.

시천은 나보다 4년이나 연상인 내 대학 동기다. 그는 국어 교사 노릇이 성에 차지 않았던지 뒤늦게 한의학 대학에 입학하여 한의학 박사가 되고 교수가 되었다. 한의학계의 유명 인사가 된 그는 강연이다 강의다 하면서 전국을 누비고 다니더니, 이번에는 시조생활화운동時調生活化運動에 소매를 걷고 나섰다. 대학 재학 때 시조 시단에 등단한 그는 이때 작품 활동도 겸하고 있었는데, 작품 활동만으로는 답답했던지 한의학까지도 제쳐 놓고 이 일에 몰두하기 시작했다. 어려운 조건 속에서도 『시조생활時調生活』이란 시조 전문지를 간행하여, 이를 바탕으로 '전민족시조생활화운동'을 전개했다. 그는 가만히 있지 못하고 전국을 순회하며 시조를 알리고 가르치고 신인들을 길러 내는 데 온 정열을 쏟았다. 그가 이 일에 투신한 지 어언 20년, 지칠 줄 모르는 정열로 황량했던 우리 시조계를 일구어, 넓고 기름진 옥토로 만들어 놓았다. 이날의 성황이 이런 사실을 웅변으로 말해 주고 있었다.

'시조생활화운동' 못지않게 그의 창작 활동 또한 끈질기고 화려하다. 그가 이루어 낸 형식과 내용이 이런 사실을 극명하게 보여 주고 있다. 해체解體와 재구성再構成을 거듭하는 형식에 대한 쉼 없는 천착은 마침내 시조 아닌 시조의 새 틀을 만들어 「솔」, 「春秋別曲」, 「이 우라질 놈의 세상」과 같은 명품을 빚어내었다. 시조도 내용에 따라 얼마든지 그 그릇이 달라질 수 있음을 작품을 통하여 입증한 것이다.

수정 같은 동심의 세계, 조국에 대한 끝없는 사랑, 인간에 대한 뜨거운 애정, 세정에 대한 안타까운 연민, 시국에 대한 비분강개悲憤慷慨, 그러다가 한 걸음 비껴 나 자연과 인생을 담담히 관조하는 초연함에 이르기까지 그의 시상 또한 종횡무진縱橫無盡 거칠 것이 없다.

그의 도전 의욕은 팔순을 맞는 지금도 그칠 줄을 모른다.

하늘은 부지런히
해와 달을 돌리고

땅은 또 소리 없이
목숨들을 가꾼다.

난 그냥
꽃 피고 지는 까닭을
알고 싶을 뿐이다.

「황사黃砂가 오던 날」이란 제목의 그의 시다. 세상을 달관한 것 같은 그의 숨소리가 옆에서 들리는 듯하다. "난 그냥 / 꽃 피고 지는 까닭을 / 알고 싶을 뿐이다." 나는 언제나 이런 경지에 이를 수 있을 것인가 부럽기 짝이 없다.

한 백 년쯤 지나면 세상 사람들은 김천택, 김수장보다도 그의 이름을 더 잘 기억할 것이고, 문학사에서 차지하는 비중도 가람, 노산을 능가할지도 모른다.

그러나 내가 부러워하는 것은 이런 그의 업적이 아니라 끝없이 넓혀 가는 지경에 대한 그의 지칠 줄 모르는 도전이다. 우리 모임에서 가장 연장자이면서 가장 젊은 사람도 그다. 그를 보고 있으면 나이 먹었다는 사실이 그렇게 주눅 들 일만은 아닌 것 같다. 그가 또 다른 어떤 일을 해낼 것이란 믿음이 지워지지 않는다. 그의 눈을 보면 아직도 자기 지경을 넓히려는 형형함이 넘치고 있기 때문이다.

"원컨대 주께서 내게 복에 복을 더하사 나의 지경을 넓히시고, 주의 손으로 나를 도우사 나로 하여금 환난을 벗어나 근심이 없게 하옵소서"

나는 오늘도 야베스의 기도로 나의 기도를 대신한다. 지금 나의 가장 큰 근심은 넓혀야 할 진정한 나의 지경을 찾지 못하고 있다는 것이고, 나의 가장 큰 환난은 나에게서 나의 지경을 찾으려는 의욕과 용기가 사라져 가고 있다는 사실이다.

그런데 시천에게는 나이 같은 것은 당초에 아무런 장애도 되지 않아 보인다. 유유히 '하늘을 도는 학' 같은 넉넉함과 '치솟아 북천을 도는 철새' 같은 끈기로 오늘도 다함없는 사랑의 지경을 넓혀 가고 있다. 세월이 그에게는 오히려 더할 수 없는 은혜요 축복임을 몸소 팔을 저어 우리 모두에게 가르쳐 주고 있는 듯하다. 약력란에 적힌 그의 화려한 이력도 따지고 보면 그가 얼마나 열심히, 얼마나 정열적으로 자신의 지경을 넓혀 왔는가를 보여 주는 표징表徵의 편린들에 지나지 않는다.

일찍이 늙어 본 적이 없는 그에게 노익장老益壯이란 얼마나 황당한 둔사遁辭인가! 그는 오늘도 여전히 거침없는 정정함으로 쉼 없이 가지를 뻗고 있는 거목으로 우리 앞에 우뚝 서 있다.

(2009. 9.)

물 이야기

•
•
•

    나는 어릴 때부터 물을 좋아했다. 물장구치며 놀던 개울도 좋아했고, 피라미 낚아 올리던 고향의 내들도 좋아했다. 하염없이 들려오는 낙숫물 소리도 좋았고, 철썩철썩 끊이지 않던 밤바다의 파도 소리도 좋았다. 그런데 내가 좋아했던 물은 모두가 어릴 때의 추억 속에 있는 물들이다.

    내가 자란 곳은 아이들이 마음 놓고 놀 수 있는 놀이터라고는 물가밖에 없는, 좀처럼 눈 구경을 할 수 없는 남쪽 지방이었다. 나는 물장구치며, 미역 감으며, 낚싯대를 들고 달리며 그렇게 어린 시절을 보냈다. 그리고 꿈 많던 소년 시절 나는 마루 앞까지 밀물이 밀려오는 갯마을에서 밤낮으로 파도 소리를 들으며 몇 달을 보낸 적이 있다. 나는 여기서 바다와 친숙해졌고, 한때나마 문학 소년의 꿈을 피워보기도 했었다.

내 추억이 물과 많이 연관되어 있는 것은 이 때문이 아닌가 한다. 이래저래 나는 눈보다 비가 더 좋았고, 산보다 바다를 더 좋아하게 되었다.

그러다가 언제부터인가 물, 그중에도 특히 흐르는 물을 더 많이 찾게 되었다. 흐르는 물을 바라보고 있으면 정말 물의 물다움은 이것이구나 하는 생각이 들곤 했다. 내가 상선약수上善若水란 말을 처음 접했을 때, 느닷없이 약수若水의 수水를 흐르는 물이라고 여긴 것도 나로서는 어쩌면 당연한 생각일지도 모른다.

상선약수上善若水, 내가 처음 이 말을 대하고 내 나름대로 내린 해석은 '정말 좋은 것은 물이다. 정말 잘하는 것은 물을 닮는 것이다.' 대개 이런 내용이었다. 흐르는 물을 염두에 두고 내린 해석이었다. 하지만 나중에 노자의 『도덕경』을 접하면서 이러한 나의 소견이 이 말이 품고 있는 그 심오(?)한 내용과는 전혀 무관한, 내 멋대로의 생각이라는 사실을 알았다. 그래도 '水善利萬物而不爭, 處衆人之所惡*' 운운하면 어쩐지 그 의미가 제한되는 것 같아, 약수若水가 너무 많이 손해를 본다는 생각만은 쉬이 떨칠 수가 없었다. 여기서 내세운 물의 덕목은 만물을 이롭게 하면서도利萬物 다투지 않는不爭 것과 언제나 낮은 데에 처하는處衆人之所惡 겸허함이다. 이것이 무위자연無爲自然의 근간이 되어 자연의 순리에 따르는 삶을 지향하는 노자 철학뿐만 아니

---

* 물은 만물을 이롭게 해 주지만 공을 다투지 않고, 모든 사람이 싫어하는 낮은 곳으로 흐른다.

라, 인위人爲를 바탕으로 하는 유가儒家의 통치에 반대하는 노자 특유의 국가 통치 방법까지 도출해 내었다고 한다.

무위無爲의 도道와 그것을 토대로 한 통치 철학을 내가 이해하지 못하는 탓이기는 하지만, 어쨌든 그 도가 유현幽玄하고 그 통치 방법이 심오深奧한 철학을 품고 있다고 여기면 여길수록 상선약수의 뜻이 도리어 오염되고 있는 것이 아닌가 하는, 조금은 황당한 생각을 떨칠 수가 없었던 것이다. 물은 그냥 물이었으면 좋겠다. 철학적인 부연도, 정치적인 배려도 끼어들지 않은 순수 그대로의 물 말이다.

물은 다양한 속성을 지니고 있다.

'물 흐르듯'이란 말이 있다. 물은 일부러 특정한 곳을 찾아 흐르는 법이 없다. 자신을 오로지 자연에 맡길 뿐이다. 가다가 산을 만나면 돌아 흐르고, 바위를 만나면 감싸 안고 흐른다. 갈라져 작은 개울이 되기도 하고, 모여 큰 강을 이루기도 한다. 물은 자기를 고집하지 않는다. 흘러 작은 웅덩이에 이르면 웅덩이가 되고, 바다에 이르면 바다가 된다. 그렇다고 자신을 잃어버리는 것이 아니다. 웅덩이에 있어도 물이고, 바다에 있어도 물이다. 그것은 언제나 그냥 물일 뿐이다. 그런데 우리 인간들은 물의 이런 속성에서 혹은 안분지족安分知足하는 삶의 지혜를 배우기도 하고, 혹은 염담퇴수恬淡退守하는 처세 방법을 익히기도 한다.

물은 또 더러움을 씻어 준다. 육체의 더러움뿐만 아니라 마음속에 끼인 때까지 씻어 준다. 굴원은 말한다. "창랑의 물이 맑으면 나의

갓끈을 씻을 것이고, 창랑의 물이 흐리면 나의 발을 씻을 것滄浪之水淸
兮, 可以濯吾纓, 滄浪之水濁兮, 可以濯吾足: 漁父辭"이라고. 물은 "사람을 평화롭게
도 하고 순수하게도 하며 사람의 기혈을 맑게도 한다"고 백거이白居易
도 노래하고 있다.

물이 신령과 결부되면 기적을 일으킨다. '아람' 왕의 군대 장관 '나
아만'은 요단강에서 일곱 번 몸을 씻고 문둥병이 치유되었고(열왕기
하 5장 10~14절), 아론과 그 아들들도 회막會幕에 들어갈 때 물로 수족
을 씻어 죽기를 면했다고 한다(출애굽기 30장 19~21절). 동서를 막론
하고 신불神佛 앞에 설 때는 목욕재계沐浴齋戒로 심신을 가다듬지 않았
던가?

도도히 흐르는 물을 보면 약동하는 생명을 느낀다. 헤르만 헤세도
"물은 생명의 소리, 영원히 생성하는 것의 소리"라고 설파했다. 모
세가 지팡이로 바위를 쳐 흘러나오게 한 물은 목마른 이스라엘 민족
을 살리는 생명수가 되었다(출애굽기 17장 6절).

나는 철들면서부터 물의 이런 속성을 닮고 싶어 했다. 지친 육신을
어루만져 주고, 고단한 영혼을 달래 주고, 넘어진 사람들의 상처를
씻어 주는 그런 일을 하는 것이 젊었을 때의 나의 꿈이었다. 그러나
그것은 그저 꿈이었을 뿐, 평생 남을 가르치는 일을 하면서도 그런
일을 한 번도 제대로 해 보지 못하고 말았다. 남보다 내 심신이 먼저
지쳐서 넘어지고 엎어지고 하면서 치유하기 힘든 상처만 안고 살아
왔기 때문이라고 요즘에 와서 말도 안 되는 소리로 스스로 자신을 변
명하고 있다.

그런데 물에 대한 나의 이런 상념은 가을철이 되면 번번이 깨어지곤 한다. 올해도 해마다 철새처럼 찾아오는 태풍이 제주도를 시작으로 한반도 남녘을 처참하게 할퀴고 지나갔다. '매미'라고 불리는 이 태풍은 강한 바람과 함께 폭우를 쏟아 부어, 하룻밤 사이에 명절 기분에 들떠 있는 남쪽 지방 곳곳을 물바다로 바꾸어 놓았다. 해일海溢이 덮치고 강이 범람하고, 도시와 마을이 통째로 잠기고, 가재도구와 가축들이 떠내려가고, 사람들이 빠져 죽고 깔려 죽고, 가히 아비규환阿鼻叫喚이었다. 우리는 여기서 가공可恐할 물의 분노를 보았고, 경천동지驚天動地할 물의 힘을 경험했다.

사람들은 물의 포용력과 겸손을 일컫는다. 물은 모든 것을, 설사 그것이 흐름을 방해하는 장애물이거나 흐름을 더럽히는 오물이라 할지라도 그 품에 감싸 안고 결코 밀어내는 법이 없다. 이것이 물의 포용력이다. 물은 유약한 본성을 지니고 있기 때문에 자연에 따르며 다투지 않고, 몸을 낮추어 항상 낮은 데에 처한다. 이것이 물의 겸손함이다. 그래서 우리가 닮아야 하는 물의 덕목德目 중 하나가 바로 이 포용력이요 겸손함이라 했다. 그러나 이것은 물의 분노를 외면한 포용력이고, 물의 강함을 눈감은 겸손이다.

물은 물일 뿐이다. 물을 닮으려면 물의 이런 분노와 강함까지 닮아야 정말 닮는 것이 된다. 과연 물을 닮는 것이 상선上善일까?

유유히 흐르는 물의 친화력이 좋고, 더러움을 씻어 주는 물의 정화력이 부럽고, 자기를 고집하지 않으면서 자기를 잃지 않는 물의 의지가 존경스러워 '가장 좋은 것이 물이고, 가장 잘하는 것이 물을 닮는 것'이라 했던 나는 물이 저질러 놓은 이 엄청난 재해災害 앞에서 망연자실茫然自失하고 있다.

이제 나는 약수若水가 상선上善이라고 감히 말할 자신이 점점 없어져 간다.

(2003. 10.)

사람의 향기

.
.
.

나는 지난해 '관상동맥 우회술'이라는 수술을 받았다. 가슴을 절개하여 여러 시간에 걸쳐 하는 수술이라 대수술이라는 것은 짐작했지만 두렵다는 생각은 별로 하지 않았었다. 그런데「뉴하트」라는 드라마를 보고 그 수술이 대단히 위험한 수술이라는 것을 알고는 뒤늦게 온몸에 오싹 진저리가 쳐졌다. 모르는 것이 약이란 말이 이런 때를 두고 하는 말인가 했다.

하지만 입원해 있는 동안 나는 오히려 행복한 시간을 보냈다. 아내는 24시간 한시도 떨어지지 않고 곁을 지켜 주었고, 아이들 식구가 교대로 찾아오고, 먼 데서 동생네 식구들이 오고, 처가 식구들, 사돈댁 식구들, 친구들, 교우들, 목사님들……. 병실에는 나를 위로하고 걱정하고 기도하는 사람이 끊이지 않았다. 병상에 누워 있으면서도 환자라는 생각이 별로 들지 않았다. 나는 내내 사랑하는 사람들의 향기에 취해 있었기 때문이다. 이들의 사랑은 나를 지탱하는 크나큰 힘이 되었다. 그러면서 새삼 나는 참 복 많은 사람이구나 하는 생각에 젖어 있었다. 수술 뒤에 오는 여러 형태의 육체적 고통 따위는 아무 것도 아니었다. 그저 감사하고 또 감사하다는 생각뿐이었다. 수술 경과가 좋아 일주일 만에 퇴원을 했다. 의료진들의 정성을 다한 진료 덕분이지만, 이런 사람들의 향기도 크게 작용했을 것이라는 사실을 나는 조금도 의심하지 않는다.

친親은 '가깝다', '사랑하다'의 뜻이다. 가까운 지인이 친지고, 가까운 벗이 친우다. 그리고 친親 자가 필요 없을 만큼 가까운 것은 가족이다. 가족, 친지, 친우 등 인간관계에서 사람이 주는 보이지 않는 도움의 힘은 이루 형언할 수가 없다. 거기에는 무형의 사랑의 인력이 작용하기 때문일 것이다. 어머니가 지켜보는 가운데에서의 아이는 평소보다 몇 배나 더 힘이 솟는다. 아내의 하이파이브를 받고 출근하는 남편의 눈에는 생기가 솟고, 머리에는 아이디어가 빛난다. "오! 필승 코리아"라고 외치는 붉은 악마들의 함성이 우리 축구를 세계 4강에까지 올려놓았다. 사람의 향기는 삶의 동력이다.

미국 메이저리그 선수 중 가장 많은 연봉을 받는 선수가 커트 실링이라는 투수였다. 이 선수가 애틀랜타 구단에서 자유계약 선수가 되었을 때 여러 구단에서 스카우트 제의가 들어왔다. 각 구단은 저마다 천문학적인 액수의 연봉을 제시하며 이 선수를 유혹했다. 그런데 그는 보스턴 레드삭스 구단을 선택했다. 사람들은 매우 의아해했다. 보스턴 레드삭스 구단이 명문 구단이기는 하지만, 제시한 연봉 액수는 다른 구단에 비해 오히려 적은 편이었기 때문이다. 기자가 왜 이 구단을 선택했느냐고 그 이유를 물었다. 커트 실링은 이 구단에는 돔 구장이 있기 때문이라고 대답했다. 그리고 이렇게 덧붙였다. "내 아내 손다는 만성 피부병을 앓고 있어서 햇볕을 쪼이면 안 되는데, 응원석에 아내가 안 보이면 나는 야구가 안 되거든요."

> 외롭고 서러운 날
> 등 다독이며
> 이야기도 나누며
> 살며시 손수건 내밀며
> 시린 손 시린 맘 어루만지며
> 손잡아 줄 친구가 있었으면 좋겠다
> (작가 미상,「물같이 흐르는 인생」중에서)

비를 맞으며 걷는 사람에게는 우산보다 함께 걸어 줄 누군가가 필요하다. 울고 있는 사람에게는 손수건 한 장보다 기대어 울 수 있는 한 가슴이 더욱 필요하다. 이는 어느 시인이 들려준 이야기다.

나에게 사랑의 에너지를 뿜어 주는 사람이 없을 때 우리는 흔히 군중 속에서도 '내 옆에는 아무도 없다'고 말한다. 혼자라는 생각이 들기 때문이다. 그러면 자연 의기소침意氣銷沈해지고, 작아지고, 자신이 없어진다.

이렇게 주위에 친한 사람 한 사람만 있어도 힘이 솟는데, 나를 사랑하시는 전능하신 주님이 내 곁에 나를 지키고 계시다고 생각하면 어떻겠는가? 주님은 꿈이 없는 사람에게 꿈을 주고, 절망하는 사람에게 소망을 주고, 미워하는 사람에게 사랑을 주고, 이 땅의 것에 심취해 있는 사람에게 영원한 하늘나라의 비전을 불어넣어 주신다. 이것이 하나님의 사랑이다. 이 사랑을 우리는 구원救援이라고 말한다.

구원救援이란 건져 주는 것이다. 절망에서, 슬픔에서, 좌절에서, 억울함에서, 그리고 죄와 사망의 권세에서 건져 주는 것이다. 절망을 희망으로, 슬픔을 기쁨으로, 불행을 행복으로, 저주를 축복으로 바꾸어 주는 것이다.

이런 구원은 물론 궁극적으로는 하나님께서 주시는 것이지만, 하나님은 이런 능력을 우리 사람에게도 주셨다. 사람이 가진 사랑의 에너지가 바로 그것이다.

바울은 말한다. 하나님은 "우리의 모든 환난 중에서 우리를 위로하사 우리로 하여금 그에게 받은 위로로써 모든 환난 중에 있는 자들을 능히 위로하게 하시는 이"라고.

(2009. 11.)

노인老人

•
•
•

　칠순이 넘은 노老골퍼 아놀드 파머가 그 특유의 백발을 휘날리며 동반자 잭 니클라우스와 함께 당당히 걸어오고 있다. 운집한 갤러리들이 일제히 기립하여 박수로 그를 격려한다. 예순을 바라보는 골프의 제왕 잭 니클라우스가 그 옆에서 그렇게 왜소하게 보일 수가 없다. 어느 해였던가 US 오픈 중계에서 본 광경이다. 비록 텔레비전을 통해서이기는 했지만 그것은 나에게 있어 여간 큰 충격이 아니었다. 평생 그가 모든 것을 다 바쳐 사랑했던 바로 그곳에 그는 여전히 큰 별인 채 자리하고 있었고, 그곳은 아직도 모든 사람의 축복을 받는 그의 소중한 삶의 현장이었다. 보무당당步武堂堂 자신의 삶을 승리로 이끈 자랑스러움이 그의 입가에 넘치고 있었다.

　그곳에서의 그는 결코 노인이 아니었다. 아직도 활력이 넘치는 골퍼일 뿐이었다.

얼마 전 우리나라에까지 와서 '사랑의 집 짓기 운동'의 불씨를 지펴 주었고, 직접 북한에 가서 남북 화해를 주선하기도 했던, 사회봉사 활동가로 국제분쟁 중재자로 퇴임 후 온 세계를 누비며 왕성한 활동을 전개해 오던, 그리고 노벨 평화상 수상자이기도 한 79세의 지미 카터 미국 전 대통령이 이번에는 소설가로 등단한다고 해서 화제가 되고 있다. '미국독립전쟁을 배경으로 자유를 향한 투쟁과 당시 식민지 사람들의 고통을 묘사하고' 있는 『호박벌의 둥지(The Hornet's Nest)』*라는 작품이 오는 2003년 가을쯤 간행될 것이라고 '사이먼 앤드 슈스터'라는 출판사 관계자가 밝혔다고 한다. 『해뜨기 전 한 시간』이란 글로 퓰리처상 후보에까지 올랐었다는 그라 문필과 인연이 없는 것은 아니지만, 어쨌든 소설가로 등단한다는 것은 그의 또 다른 도전임에 틀림없다. 그는 새로운 것을 배우고 도전하는 것이 얼마나 큰 즐거움인가를 나이 들어 가면서 더욱 절실히 깨달았다고 한다. 그는 말한다. "기쁨과 흥분과 모험과 성취가 가득 찬 매 순간을 맛보는 것"이 황혼기에 들어선 사람의 가장 소중한 삶의 보람이라고. 이 사람의 의욕과 도전이 도대체 어디까지 갈 것인가, 나이를 딛고 선 그 초인적인 에너지에 그저 혀를 내두를 뿐이다.

밥 호프가 향년 100세로 타계했다는 신문 보도가 났다. 온 세계가 그의 행적을 찬양하고 그의 죽음을 애도하느라 떠들썩하다.

---

* 우리나라에서는 『호박벌 집』이라는 제목으로 출간되었다.

미국 방송들은 일제히 고인을 기리는 특집 방송을 내보냈으며, 워싱턴에서 피츠버그로 이동 중 소식을 전해 들은 부시 대통령은 공항에 내리자마자 "미국은 오늘 위대한 시민을 잃었다. 그는 우리를 웃게 하고 우리의 정신을 고양했으며 국가를 위해 헌신했다. 우리는 좋은 사람의 죽음을 애도할 것"이라며 직접 애도의 뜻을 표했고, 그의 장례식 날 백악관을 비롯한 전 관공서와 군사 시설에 조기 게양을 지시했다. 미 국무부와 국방부도 이례적으로 성명을 내 그의 죽음에 조의를 표했으며, 백악관의 정례 브리핑에서도 그의 죽음이 안건이 되기도 했다. 로널드 레이건 전 대통령의 부인인 낸시 여사도 "로니(로널드)는 항상 밥을 미국을 위한, 자유를 위한 가장 훌륭한 대사大使 중 한 명으로 꼽았다"고 그를 치켜세웠으며, 제럴드 포드 전 대통령도 "호프는 진정 위대한 미국인이었다"고 평가했다. 타이거 우즈와 필 미켈슨 같은 프로 골프 선수들도 시합 도중 "오늘은 정말 슬픈 날"이라며 골프 애호가였던 그를 추모했다. 35개가 넘는 주州가 즉각 이 날을 '밥 호프의 날'로 선포했고, AP통신은 '밥 호프의 서거에 미국이 오열하다'라는 제목으로 기사를 타전했다. 인디애나 주의 「인디언 익스프레스」는 그의 이름을 빗대 "이제 희망(Hope)은 없다"고 했으며, 미네소타 주의 「미니애폴리스 스타 트리뷴」은 사설로 "밥 호프, 모든 게 고마웠다"고 보도했다고 한다.

그는 '위대한 코미디언', '전설적인 코미디언', '역사상 가장 존경받는 연예인'이라는 등의 찬사를 받으며 한 세기를 풍미風靡하다가 100세가 넘어서야 온 세계의 애도 속에 유명幽明을 달리했다.

내가 가장 근래에 그를 본 것은 몇 해 전 밥 호프 클래식의 호스트로서 시구始球를 위해 필드에 선 골퍼로서의 모습이었다. 물론 텔레비전 중계에서다. 90세가 훨씬 넘어서인데 그의 모습에는 젊은이 못지않은 강인함과 노인다운 자상함이 동시에 배어 있었다. 그의 그런 강인함과 자상함이 어디서 온 것일까, 그때는 다만 부럽기만 했었는데 그의 타계他界와 함께 알게 된 그의 여러 행적을 보고서야 고개가 끄떡여졌다.

노년을 예찬한 글은 많다. 그런데 노년이 되어 보지 않은 사람들이 노년을 찬양하는 것은 어쩐지 효도 관광 같은 선심성이 엿보여 달갑지 않고, 노년이 노년을 찬양하는 것은 자기 위안 같은 가련함이 배어 있는 것 같아 딱하게만 보인다. 흔히들 '노인에게는 젊은이가 보지 못하고 듣지 못했던 것까지 보고 들을 수 있는 또 다른 세상이 있다'고 하고, 이것을 노숙老熟이라는 말로 미화한다. 노숙이란 연륜年輪과 교양이 어우러져 풍기는 인격의 하모니 같은 것이 아닌가 한다. 그래서 노년 찬양의 주제는 각기 표현은 달라도 언제나 이 노숙이었다. 그러나 눈이 팽팽 돌아갈 만큼 하루가 다르게 변해 가고 있는 지금의 세상에서 설사 젊은이와 다르게 보고 듣는 노인들의 좀 별다른 세상이 있다 하더라도 그것이 과연 어떤 가치가 있는 것일까?

내가 이들 세 사람에게서 본 것은 그들이 나이 들어 찾아낸 그들만의 세상이 아니라, 나이가 들어도 잃지 않는 그들의 젊음이었다.

여전히 필드에 꿋꿋이 서 있는 아놀드 파머나, '처음부터 이 직업이었으면 좋았겠다'는 평판을 들으며 세계를 누비고 다니는 카터 전 대통령이나, "생일날 초 값이 케이크 값보다 많이 들면 나이를 많이 먹었다는 이야기다"라고 농담을 하면서 코미디언으로 댄서로 한결같이 자신의 길을 당당히 지킨 밥 호프—그들은 하나같이 '나이 든 마흔이 되기보다는 젊은 일흔'을 살고 있는, 혹은 살다 간 젊은이들이었다.

　나이가 들어도 늙지 않는 삶, 성취동기가 샘물처럼 마르지 않는 삶, 자기 일에 대한 긍지와 세상에 대한 따뜻한 마음을 실천으로 보여 주는 삶, 그래서 그들이 있음으로 해서 주위가 더욱 영광스러워지는 삶. 그런 삶의 전형을 이들이 보여 주고 있다. 이들 앞에서는 '노년 속에 감춰져 있는 보석'이라고 흔히들 내세우는 '연륜年輪'이니 '여유餘裕'니 하는 것들이 어쩐지 구질구질한 주름살 같다는 생각이 든다.

　내가 지금 와서 이들의 삶을 감히 흉내 내 보고 싶다는 생각을 하는 것은 결코 아니다. 그럴 처지나 입장이 아닌 것은 누구보다도 내가 잘 안다. 다만 나이 들었다는 이유로 진작부터 세상에 주눅이 들어 있는 자신의 몰골이 새삼 더욱 한심스럽게 느껴졌을 뿐이다.

　그래도 오늘 아침에는 "후회가 꿈을 대신하는 순간부터 우리는 늙기 시작한다"고 한 카터의 말이 나를 정신 들게 해 주고 있다. 나도 뭔가에 도전하고 싶어진다. 지금부터라도 열심히 그것을 찾아야겠다고 주먹을 쥐어 본다. 작심이 사흘을 넘기지 못할지 모르지만, 그런 생각만으로도 주변의 공기가 조금은 싱그러워지는 것 같다.

　막연히 그저 좋다 싶어 적어 두었던 『채근담』 한 구절이 새삼 내 마음을 사로잡는다.

　하루해가 져서 저물었으되 오히려 노을이 아름답고, 한 해가 장차 저물려 해도 귤 향기가 더욱 꽃답다. 그러므로 인생의 만년은 군자가 마땅히 정신을 다시 백배할 때다. (日旣暮而猶煙霞絢爛 歲將晚而更橙橘芳馨 故末路晚年君更宜精神百倍)

(2003.)

노욕 老慾

●
●
●

　나는 지난 몇 개월을 여러 가지 병으로 시달렸습니다. 그러다가 이번에는 한 달이 넘게 배탈로 고생을 하다가 결국은 내시경 검사까지 받는 소동을 피웠습니다. 다행히 큰 탈은 없다는 진단을 받았습니다. 아내는 신경성일 것이라고 했습니다. 나도 그런 것이 아닌가 생각했고, 의사도 명확히 밝히지는 않았지만 묵시적으로 그것을 인정하는 것 같았습니다. 내가 나도 모르게 많은 스트레스를 받고 있었던 모양입니다. 내가 받고 있는 스트레스가 뭘까 하고 생각해 보았습니다. 그런데 문득 깨닫고 보니 늙는다는 것 자체가 이미 하나의 커다란 스트레스였습니다.

　육신이 시들어 가는 것을 인정해야 하는 것도 스트레스요, 기억력이 감퇴되어 가는 것을 실감하는 것도 스트레스요, 의욕이 삭아 들고 매사에 자신을 잃어 가는 것도 스트레스입니다. 그래서 늙어지면 마음이 심약해집니다. 심약은 모든 스트레스의 원인이 된다고 합니다. 늙은이는 조그마한 일에도 곧잘 서러워합니다. 남편이나 아내의 무심코 내뱉는 말 한마디, 별생각 없이 하는 자식들의 조그마한 행동 하나, 이웃들의 아무 뜻 없이 하는 사소한 언동 하나하나가 늙은이들을 서럽게 하는 덫이 되는 경우가 많습니다. 늙은이들의 욕심 중 가장 큰 것이 계속 사랑받고 싶고, 대접받고 싶고, 인정받고 싶은 욕망입니다. 그러나 늙어지면 이미 세상의 관심에서 멀어집니다. 모든 세상사에서 제외되고 젊은이들에게는 부담만 주는 존재로 전락합니다. 그래서 늙은이들이 서러움을 잘 타는 것인지 모릅니다. 늙어 갈수록 자신이 행복하다고 생각하는 사람보다 불행하다고 생각하는 사람이 더 많다고 합니다. 억울하고 분하고 야속하다는 생각에 사로잡혀 있기 때문입니다. 이 모두가 우리에게는 덫입니다. 어처구니없는 보상 심리에서 나온 부정적 심리의 덫입니다.

세상 사람을 '잘 사는 사람'과 '잘못 사는 사람', 이렇게 두 부류로 나누는 사람이 있었습니다. '잘 사는 사람'은 이런 덫을 극복하며 사는 사람이고, '잘못 사는 사람'은 이런 덫에 걸려 허우적거리는 사람이라고 했습니다. 우리가 이런 덫에 걸려 있다면 그것은 우리가 움켜쥐고 있는 것이 이 세상의 욕심이기 때문입니다. 우리가 세상에 대한 욕심을 털어 버리지 않는 한 우리는 언제나 '잘못 사는 사람'에 속할 수밖에 없습니다.

노욕老慾이란 말이 있습니다. 늙어서도 벗어 버리지 못하는 터무니

없는 욕심을 야유하여 일컫는 말입니다. 젊었을 때는 세상에 대한 욕심이 잘만 다스리면 자기 성장의 동력이 될 수도 있습니다. 그러나 늙어지면 힘은 빠지고 남는 것은 오직 욕심의 찌꺼기뿐입니다. 이 욕심의 찌꺼기가 때로는 한숨이 되고, 때로는 탄식이 되고, 때로는 심술이 되어 겉으로 나타납니다. 이 한숨과 탄식과 심술이 쌓여 부지불식간에 마음의 병증이 되는 것이 아닌가 합니다. 노욕은 자신을 추하게 만들고 불행하게 만드는, 가장 경계해야 할 늙은이들의 덫입니다. 늙은이들을 보고 '점잖게 늙으라'든지 '깨끗하게 늙으라'든지 하는 말은 결국 이 노욕에서 벗어나라는 말일 것입니다. 나는 내가 요즘 이런 덫에 걸려 있는 것이 아닌가 하는 생각을 하고 있습니다.

  나는 내가 불행하다고 생각한 적이 별로 없습니다. 오히려 누구보다도 행복하다고, 매사에 감사하며 살아가고 있다고 자부하고 있었습니다. 그러나 이것은 나의 겉으로 드러난 의식이고, 잠재된 내 내면의 밑바닥에는 이와는 다른 심정이 자리하고 있었던 것이 아닌가 하는 의구심을 갖게 된 것입니다. 아직도 나에게 세상에 대한 미련 같은 것이 많이 남아 있었던 모양입니다. 미련과 관심은 별개의 것입니다. 미련은 끼어들고 싶은 욕심이고, 관심은 아직도 식지 않은 사랑의 한 형태가 아닌가 합니다. 성경이 가르쳐 준 '성령의 열매' 중에 '오래 참음'이란 것이 있습니다. '참음'이란 결국 무언가를 자꾸 포기해 가는 것이 아닌가 그런 생각을 해 보았습니다. 포기란 분수를 헤아려 욕심을 지우는 것입니다. 세상이, 이웃이, 가족이 아직도 나를 사랑해 줄 것이라는 기대를 지우고 나면, 그 세상과 이웃과 가족이 훨씬 따뜻한 미소로 나에게 다가올 것 같은 생각이 듭니다.

　노욕老慾이란 결국 추하기만 한 삶의 찌꺼기가 아니겠습니까?

(2006.)

마라의 쓴 물

.
.
.

    사랑에는 '그 누군가를 사랑하는' 사랑이 있고, '누구든지 사랑하는' 사랑이 있습니다. '~이기 때문에 사랑하는' 사랑이 있고, '~임에도 불구하고 사랑하는' 사랑이 있습니다. '~임에도 불구하고', '누구든지' 사랑하는 사랑이 예수님의 사랑입니다. 우리를 위해 십자가에 못 박혀 돌아가신 것이 그 확증입니다. 그러므로 십자가는 사랑의 위대한 표징입니다. 우리가 십자가를 붙드는 것은 주님의 사랑을 붙드는 것입니다. 주님께서는 이런 사랑을 선물로 우리에게 주셨습니다. 우리가 사랑을 알고, 사랑할 수 있는 능력을 가진 것은 주님의 은혜의 결과입니다. 성경에서는 이것을 하나님의 은사라고도 하고, 성령의 열매라고도 합니다.

    바울은 하나님의 은사 중 최고의 은사가 사랑이고, 성령의 열매 중 최고의 열매 또한 사랑이라고 했습니다. 그래서 우리들의 모든 활동의 동인動因은 사랑이라야 한다고 권면하고 있습니다. 그의 모든 서한에 담긴 내용의 핵심이 바로 이 사실을 증언하는 것입니다. 고린도전서 13장은 사랑을 권면한 유명한 사랑장입니다. 다시 말하지만 사랑은 하나님의 손을 잡는 것입니다. 하나님이 바로 사랑이시기 때문입니다.

사랑은 사람의 생각을 바꿉니다.

출애굽기에는 '마라의 쓴 물' 이야기가 나옵니다(출애굽기 15장 22~25절). 모세는 이스라엘 사람들을 이끌고 홍해에서 수르 광야로 진을 옮기고 있었습니다. 그들은 사흘 동안이나 물을 만나지 못했습니다. 타들어 가는 목과 초조한 마음을 안고 불안한 여정을 계속하던 그들은 '마라'라는 곳에 이르러 비로소 물을 만났습니다. 그러나 그곳의 물은 써서 도저히 마실 수가 없었습니다. 백성들의 불평과 원망이 다시 시작되었습니다. 이들의 원망은 근본적으로 하나님의 사랑을 믿지 못하는 불신에서 나온 것이었습니다. 바로 3일 전에도 그들은 똑같은 불평을 모세에게 했었습니다. 뒤를 추격하는 애굽 병사들을 보고 겁에 질려 '매장지가 없어서 당신이 우리를 이끌어 이 광야에서 죽게 하느냐'고 대들었던 것입니다. 그때 그들은 홍해를 갈라 절체절명絶體絶命에 빠진 그들을 구원하는 하나님의 크나큰 사랑과 놀라운 능력을 체험했었습니다. 그런데도 그들은 또다시 똑같은 원망을 시작한 것입니다. 모세는 엎드려 부르짖으며 간절히 기도했습니다. 그러자 하나님께서 한 나무를 가리키며 그것을 물에 던지라고 했습니다. 나무를 던지자 쓴 물이 단 물로 바뀌었습니다. 그들의 불신과 배신에도 불구하고 하나님은 변함없는 사랑을 보이신 것입니다. 이것은 출애굽 당시의 이야기만은 아닙니다.

이것은 살아 계신 하나님께서 지금의 우리에게 주시는 메시지이기도 합니다. 우리 마음속에는 오늘도 수없이 많은 쓴 물이 흐르고 있습니다. 우리 마음속에서 일어나고 있는 온갖 분노, 절망, 미움, 저주 등은 다 마음속의 쓴 물들입니다. 하나님이 주신 나무는 십자가입니다. 나무를 던지자 쓴 물이 단 물로 변하듯이, 우리가 십자가를 붙들면 우리 마음속의 모든 쓴 물이 단 물로 변합니다. 즉, 슬픔이 기쁨이 되고, 절망이 소망이 되고, 증오가 사랑이 되고, 저주가 축복이 됩니다. 십자가가 바로 주님의 사랑의 표징이기 때문입니다.

사랑은 이처럼 생각을 바꿉니다. 생각을 바꾼다는 것은 사람을 변화시킨다는 뜻입니다. 다시 말하면 부정적인 사람을 긍정적인 사람으로 바꿉니다. 남과 비교해서 자신의 부족한 면만 보는 사람이 부정적인 사람입니다. 부정적인 사람이 빠지는 함정이 투기와 절망과 좌절입니다. 부정적인 사람은 자신이 스스로 마음속에 지옥을 만드는 사람입니다. 그들의 눈과 마음에 사랑이 빠져 있기 때문입니다. 긍정적인 사람은 자신의 부족한 면이 부족한 면이 아니라, 하나님이 주신 은혜요 축복이라 생각합니다. 스스로 자기 안에 천국을 만드는 사람입니다. 그들의 마음을 채우고 있는 것이 사랑이기 때문입니다.

바울이 전해 주는 복음의 내용이 이것입니다. 바울이 살아간 삶의 역정이 이것입니다. 이것은 주님을 붙들고 사는 삶이기도 합니다.

하나님께서는 언제나 내 곁에서 은혜를 베푸실 준비를 하고 계십니다. 그리고 출애굽기에서 "나를 사랑하고 내 계명을 지키는 자에게는 천대까지 은혜를 베푸느니라(20장 6절)"고 약속하고 계십니다. 하나님이 계시는 곳, 그곳이 바로 은혜의 보좌입니다. 우리가 하나님의 은혜를 받으려면 은혜의 보좌 앞에 나아가야 합니다. 히브리서에서는 "때를 따라 돕는 은혜를 얻기 위하여 은혜의 보좌 앞에 담대히 나아갈 것이니라(4장 16절)"고 가르치고 있습니다. 하나님은 필요할 때, 때를 따라 돕는 분이시며, 천대까지 은혜를 베푸시는 분이시며, 긍휼로 나를 기다리시는 '나의 하나님'이십니다. 내가 손만 내밀면 거기에 하나님이 계십니다. 내가 한 걸음만 내디디면 거기가 바로 은혜의 보좌입니다. 나에게 손을 내미시는 하나님의 손이 바로 사랑의 손이기 때문입니다.

사랑은 복음의 알파요 오메가입니다.

(2010.)

닮는다는 것

●
●
●

　자녀는 부모가 하는 말과 행동을 표준으로 삼고 배우기 때문에 부모를 많이 닮게 된다고 합니다. 나는 요즘 늙어 가는 나 자신을 돌아보며 문득 만년의 나의 아버지를 많이 닮았구나 하는 생각을 할 때가 많습니다. 내가 중환자실에 있을 때, 나를 찾아온 친구가 대기실에 있는 내 맏이(승우)를 본 모양이었습니다. "자네와 똑같은 사람이 있어 단번에 자네 아들인 줄 알았네." 하고 웃으며 이야기하는 말을 들었습니다. 나는 잘 모르겠는데 남들이 보면 그 애(승우)가 나를 꽤 많이 닮은 모양입니다.

　우리는 이렇게 부모를 많이 닮아 갑니다. 얼굴만이 아니라 성격도 닮고, 생각도 닮고, 하는 행동까지도 닮아 가는 것 같습니다. 나도 모르게 닮는 것도 있고, 닮으려고 애를 써서 닮는 것도 있습니다. 그중에는 닮지 말아야지 하면서도 닮는 경우도 있고, 닮아서는 안 된다고 기를 쓰는데도 어느 틈에 닮아 있는 것도 있습니다. 그러니 우리의 일거수일투족—擧手—投足이 조심스럽지 않을 수 없습니다.

서산대사의 시에 "今日我行跡 遂作後人程(오늘의 내 발자취가 뒷사람의 길잡이가 된다)"이라는 구절이 있습니다. 이 구절을 접할 때마다 '그동안의 내 행보가 아이들에게 나쁜 영향은 주지 않았는가? 지금 내 아이들이 겪고 있는 여러 시련들이 혹 나의 탓은 아닌가?' 하는 불안한 마음을 지울 수가 없습니다.

우리가 닮는 것은 부모만이 아닙니다. 스승을 닮을 수도 있고, 형제를 닮을 수도 있고, 이웃을 닮을 수도 있고, 책에서만 본 옛사람을 닮을 수도 있습니다. 이렇게 우리 인간들은 누군가를 닮아 가며 그렇게 살아갑니다. 좋은 것을 닮을 수도 있고, 좋지 않은 것을 닮을 수도 있습니다. '의로운 자가 되느냐, 불의한 자가 되느냐'도 결국 누구의 어떤 부분을 닮느냐에 따라서 결정되는 것이 아닌가 합니다.

지금 우리가 비록 늙기는 했지만, 우리의 삶을 스스로 포기하지 않는 한 우리도 누군가를 닮으려 노력하며 살아가야 한다고 생각했습니다. '닮기가 정지된다는 것은 살아가는 이유 자체가 정지되는 것이 아닌가?' 이런 생각도 했습니다. 누군가를 닮아야겠다는 것은 누군가를 삶의 표준으로 삼는다는 뜻이 아니겠습니까? 산전수전을 다 겪은 우리가 이제 와서 누구를 삶의 표준으로 삼아야 하겠습니까?

바울은 "내가 그리스도를 본받는 자 된 것같이 너희는 나를 본받는 자가 되라(고린도전서 11장 1절)"고 가르칩니다. 우리는 스스로 그리스도인이라 자처하고 있습니다. 그렇다면 이제 우리가 누구를 닮아야 하는지는 자명한 일이 아니겠습니까? 우리 그리스도인의 삶의 궁극적인 목표는 예수님을 닮는 것임을 우리는 다 잘 알고 있습니다. 예수님의 행보는 우리가 따라야 하는 삶의 궤적이고, 예수님의 품성은 우리가 가꾸어야 하는 삶의 표준이고, 예수님의 가르침은 우리가 받들어야 하는 삶의 규범입니다. 우리가 예수님을 닮는다는 것은 이런 예수님의 삶을 따르는 것이고, 예수님의 품성을 본받는 것이고, 예수님의 가르치심을 받드는 것입니다. 우리가 이것까지 포기한다면 그야말로 폐기해 아깝지 않은 늙은이가 되고 마는 것이 아니겠습니까?

물론 우리가 예수님의 모든 것을 다 닮을 수는 없는 일입니다. 그래서 우리가 일차적으로 예수님의 무엇을 닮아야 할 것인가를 생각해 보았습니다. 아우구스티누스는 "누가 기독교의 제1, 제2의 법칙이 무엇이냐고 나에게 묻는다면 나는 언제나 겸손이라고 대답하겠다"고 말하고 있습니다. 겸손은 예수님 품성의 제1의 덕목입니다. 그분의 사랑도, 온유도, 지혜도 이 겸손을 모태로 한 것입니다. 가장 낮은 데 처하여 모든 사람을 섬기려 오신 예수님, 스스로 몸을 굽혀 손수 제자들의 발을 씻겨 주시던 예수님. 만약 우리가 이런 예수님의 겸손을 닮는다면 그것이 곧 예수님의 근본을 닮는 것이 아니겠습니까?

겸손은 자기를 낮추는 것입니다. 자기를 높이려고 할 때 사단이 역사합니다. '교만은 멸망의 선봉이요, 겸손은 존귀의 앞잡이'라고 '잠언'이 가르치고 있습니다. 자기를 낮춘다는 것은 자기중심의 모든 생각을 끊어 버리는 것을 말합니다. 자기에 집착할 때 사람은 불행해집니다. 그것을 멸망의 선봉이라고 성경은 가르치고 있는 것입니다. 사람은 나이 들수록 자기에 대한 집착이 강해진다고 합니다. 그것은 사라지려는 자신을 붙들어 두려는 연약한 인간의 불쌍한 안간힘인지도 모릅니다. 늙어서도 자기를 놓지 않으려는 욕심을 노욕이라고 합니다. 사단이 똬리를 틀고 있는 곳이 바로 이 욕심입니다. 욕심을 덜어 낸 것이 겸손입니다. 그래서 바울은 "서로 마음을 같이 하며 높은 데 마음을 두지 말고 도리어 낮은 데 처하며 스스로 지혜 있는 체 말라"고 경고하고 있습니다. 이제 우리도 다 늙은이가 되고 말았습니다. 늙은이들은 비교를 잘합니다. 남과 비교하여 자신의 처지를 한탄하는 마음이 바로 사단이 작용하는 욕심입니다. 남과 비교하여 자신의 처지를 감사하는 마음이 곧 성령이 임재하는 겸손입니다.

겸손하여 행복해지는 사람이야말로 진정으로 축복받은 사람일 것입니다.

(2008. 1.)

사랑은 오래 참고

.
.
.

　남산 아래 사는 가난한 선비 허생은 10년 계획을 세우고 공부를 했다. 그는 식구가 먹는지 굶는지 아랑곳하지 않고 방에 들어박혀 책만 읽었다. 혼자서 가족 먹여 살리느라 갖은 고생을 다하던 그의 아내가 더는 참을 수 없어 남편을 들볶기 시작했다. 아무 도움도 안 되는 그 따위 책 읽기는 그만두고 하다못해 도적질을 해서라도 돈을 벌어 오라고 소리소리 질렀다. 견디다 못한 허생은 아내를 원망하며 책을 덮고 집을 나갔다. 결국 허생 부부는 오래 참는 데 실패한 사람들이다. 그들 부부가 서로 사랑했는지에 대한 기록은 없다. 다만 허생의 처가 악처로 낙인이 찍혔을 뿐이다.

　오전 내내 잔소리를 해 대도 꿈쩍 않고 책만 읽고 있는 남편 소크라테스에게 아내 크산티페의 인내의 끈이 마침내 끊어지고 말았다.

남편의 무신경과 무반응에 약이 오른 크산티페는 구정물 한 동이를 소크라테스의 얼굴에 들어부었다. 소크라테스는 온몸에 흐르는 물을 툭툭 털며 혼자서 중얼거렸다. "천둥이 울어 대더니 마침내 비가 오는구나!" 오래 참는 데 있어 천하에 소크라테스를 따를 사람이 없다. 그러나 그의 오래 참음이 아내 크산티페에 대한 사랑일 수는 없다. 크산티페가 묘비에까지 악처로 새겨져 전해져 올 뿐이다.

허생의 처는 허생을 참지 못하게 했기 때문에 악처가 되었고, 소크라테스의 처는 그를 너무 오래 참게 했기 때문에 악처가 되었다.
사랑의 특성이 오래 참는 것이기는 하지만, 오래 참는 것이 반드시 사랑인 것은 아니다.

젊은 탤런트 이○, 이××부부의 이혼 이야기가 요즘 장안의 화제가 되어 있다. 이○이 아내 이××에게 폭력을 휘둘러 코뼈를 부러뜨리고 유산流産을 시켰다고 해서 이○에게 비난의 화살이 쏟아지고 있다. 경위야 어떻게 되었든 이○은 참는 데 실패했다. 그런데도 그는 여전히 이××을 사랑한다고 기자들에게 말하고 있다. 요즘의 젊은이들에게는 사랑과 참는 것은 전혀 별개의 것이 되었는가?

사랑에 있어 참는 것은 기를 쓰고 견뎌 내는 것이 아니라 너그럽게 받아들이고 용서하는 마음이다. 일본어 성경에서는 이 오래 참음을 관용寬容이라고 표현하고 있다. 사랑을 지키기 위하여 주위의 여러

장애는 이를 악물고 참고 견디며 이겨 내야 하지만, 상대방에 대해서는 언제나 너그럽게 포용하고 용서해야 한다. 관용은 자기를 지울 때 가능한 마음가짐이다. '사랑은 지우개 어쩌고' 하는 유행가 가사가 있었던 것으로 기억한다. 어떤 현학적 표현보다도 정곡을 찌르는 말이다. 사랑을 아가페(agapē)니 에로스(eros)니 필리아(philia)니 하고 나누는 것은 야박한 분류다.* 그 어떤 종류의 사랑이든지 그 본질은 자기를 지우는 그 이상도 그 이하도 아니기 때문이다.

"사랑이란 자기희생이다. 이것은 우연에 의존하지 않는 유일한 행복이다." 톨스토이의 말이다.

또 참음은 자신을 추슬러 행위의 표출을 억제하는 것이므로, 그것은 덕행德行에 속한 것이다. 그래서 참음은 인간 최고의 미덕이라고도 한다.

진정한 인격자는 진정으로 사랑할 줄 아는 사람이다.

(2005.)

---

* 에로스·필리아가 '누군가'를 사랑하는 것이라면 아가페는 '누구든지' 사랑하는 것이다. 에로스·필리아가 나를 지움으로써 '나를 지키는' 사랑이라면 아가페는 남을 위하여 '나를 지우는' 사랑이다.

만리장성

．
．
．

　나는 얼마 전에 북경엘 다녀왔습니다. 중국 땅을 밟으면서 받은 인
상은 언제나 한결같이 '정말 크고 넓구나!'였습니다. 장가계가 금강
산을 튀겨 놓은 것 같은 곳이라면, 경복궁 덕수궁을 합하여 여러 곱
으로 늘려 놓은 것 같은 곳이 자금성이었습니다. '우리 남한산성 몇
개를 겹치면 만리장성만 해질까?' 이런 부질없는 생각을 하며 만리
장성을 보러 갔었습니다. 케이블카를 타고 중턱을 훨씬 지나서까지
가서, 거기서 다시 꼬불꼬불 경사진 계단 길을 걸어 정상에 오르는
코스였습니다. 정상에 올라야 북경을 한눈에 내려다볼 수 있다고 했
습니다. 나도 남들처럼 정상까지 오를 셈으로 출발했다가 초입에서
그만 되돌아오고 말았습니다. 길이 워낙 가팔라 내 체력이 도무지 감
당해 낼 자신이 없었기 때문입니다. 케이블카에서 내린 지점에서도
만리장성의 길고 긴 성벽의 많은 부분이 한눈에 들어왔습니다. 거기

서 원경으로 사진 한 장을 찍으며 혼자서 "나는 만리장성을 보러 온 것이지, 북경을 보러 온 것이 아니다"라고 말도 안 되는 자기변명을 하면서, 만리장성의 그 엄청난 불가사의한 크기에 연방 탄성을 질렀습니다. 인간의 한계 위에 군림하는 신의 능력을 보는 것 같았습니다. 문득 누군가에게서 들은 이야기 하나가 생각이 났습니다.

인간이 어리석다고 혀를 차고 있는 신에게 어떤 사람이 어떤 점이 어리석으냐고 따져 물었습니다. 신이 비웃듯 "어린 시절이 지루하다고 서둘러 어른이 되는 것, 그리고 다시 어린 시절로 되돌아가기를 갈망하는 것. 돈을 벌기 위하여 몸을 함부로 굴려 건강을 잃어버리는 것, 그러고는 건강을 되찾겠다고 이번에는 돈까지 잃어버리는 것. 미래를 염려하느라고 현재를 놓쳐 버리는 것, 그러다가 미래도 현재도 살지 못하는 것. 결코 죽지 않을 것처럼 사는 것, 그러고는 결코 살아 본 적이 없는 것같이 죽는 것" 등을 열거하기 시작했습니다.

만리장성이 바로 눈앞에 있는데 만리장성을 보겠다고 정상을 오르려다가 주저앉은 나 자신을 변명하며, 여기에 내가 하나를 더 보태 보았습니다.
"하나님을 찾아 헤매다가 바로 옆에 계신 하나님을 놓쳐 버리는 것, 그러고는 평생을 찾으면서도 한 번도 하나님을 만나 보지 못하고 죽는 것." 사실 이것은 내가 나에게 하는 말입니다.

아득히 멀리만 보이는 만리장성을 쳐다보며, 문득 바울이 경고한 것같이 '달음질하기를 향방 없는 것같이 하고, 싸우기를 허공을 치는 것같이 하며' 긴 세월을 헛되이 표류만 해 온 자신의 모습이 새삼 딱하게만 느껴져, 견디기가 만리장성을 오르는 만큼이나 숨이 찼습니다.

그런데 정신을 차리고 보니 참으로 많은 사람들이 그 길고 먼 만리장성을 향해 열심히 올라가고 있었습니다. 그들에게는 한결같은 목표가 있고, 흩어지지 않은 방향이 있었습니다.

(2008.)

우리의 에덴

:
:
:

"오늘을 지옥처럼 사는 사람은 내일도 지옥을 살게 됩니다. 오늘을 천국처럼 사는 사람은 내일도 천국을 살게 되어 있습니다. '오늘부터 영원을' 즐겁게 희망으로 살아가야 하겠습니다."

이는 차동엽 신부의 글에서 따온 말입니다. 내가 지금 지옥처럼 살고 있는지 천국처럼 살고 있는지, 혹 그것조차 의식할 겨를 없이 그저 허둥지둥 살고 있지나 않는지 찬찬히 한번 따져 볼 일이라고 생각하지 않습니까?

적은 것에 만족 못 하는 사람은 큰 것을 주어도 만족하지 못합니다. 남의 떡이 언제나 크게 보이는 사람은 자신을 항상 지옥 속에 가두어 두는 사람입니다. 그는 영원히 지옥에서 벗어나지 못합니다. 내 떡에 언제나 감사하는 사람은 자신을 항상 천국에 올려놓는 사람입니다. 이런 사람은 옆에 있는 사람까지 행복하게 만듭니다.

에덴동산은 하나님이 주신 기쁨의 동산입니다. 그런데 사단 때문에 기쁨의 동산에서 기쁨이 사라졌습니다. 오늘날의 사단의 정체는 욕심입니다. 욕심이 노리는 것은 우리를 지옥에 밀어 넣는 것입니다. 욕심은 가공할 지옥의 사자입니다.

"욕심이 잉태한즉 죄를 낳고 죄가 장성한즉 사망을 낳느니라(야고보서 1장 15절)" 하나님의 가르치심입니다.

"항상 기뻐하라"는 주님의 말씀은 잃어버린 에덴을 회복하라는 명령입니다.

기쁨은 상황에 있는 것이 아니라 마음에 있습니다. 기쁨은 하나님이 주신 은혜의 선물, 즉 성령의 열매이기 때문입니다.

"내가 이르노니 너희는 성령을 좇아 행하라. 그리하면 육체의 욕심을 이루지 아니하리라(갈라디아서 5장 16절)"

마음이 하나님께로 열려 있는 사람은 이미 이 선물을 받은 사람입니다.

세상이 고해苦海라고 한탄하는 사람이 있습니다. 이는 세상이 고해가 아니라 마음이 지옥인 사람입니다. 마음이 세상을 향해서만 열려 있는 사람입니다. 세상의 방법으로 행복을 찾아 헤매던 그 많은 행복의 실패자들이 이를 여실히 증명하고 있지 않습니까? 그런데 우리가 바로 그런 사람이 아니라고 감히 장담할 수 있겠습니까? 미련한 우리에게 행복은 언제나 산 너머에 있는 신기루에 지나지 않았습니다. 그래서 우리는 언제나 실낙원의 백성일 수밖에 없는 것입니다.

기뻐하는 마음이 바로 행복해하는 마음입니다. 항상 기뻐하는 사람은 항상 행복한 사람입니다. 행복해하는 마음이 곧 만족하는 마음이 아니겠습니까?

"우리가 무슨 일이든지 우리에게서 난 것같이 스스로 만족할 것이 아니니 우리의 만족은 오직 하나님으로부터 나느니라(고린도후서 3장 5절)"

기쁨이 성령의 열매라면, 만족하는 마음을 가지는 것은 하나님의 은총입니다.

우리가 주님의 뜻대로 항상 기뻐하는 것이 우리가 회복해야 할 우리의 에덴입니다. 기쁨이 우리를 행복하게 하는 우리 삶의 힘이 되고, 의미가 되고, 가치가 되기 때문입니다.

(2010.)

여적 餘滴

•
•
•

별을 보려면 어둠이 꼭 필요합니다.

어둠을 두려워하는 사람은 별 보기를 포기한 사람입니다.

별은 소망입니다. 소망은 우리가 살아가는 이유입니다.

어둠은 두려워할 것이 아니라 감사하며 겪어야 할 과정일 뿐입니다.

하나님은 다시 일어나는 법을 가르치기 위해 우리를 쓰러뜨린다고 합니다.

쓰러진 자리에서 하나님에게 주먹질을 하는 사람이 있는가 하면, 오히려 하나님께 감사하는 사람이 있습니다.

전자는 에덴을 잃은 사람이고, 후자는 에덴을 다시 찾은 사람입니다.

아가의 볼기짝을 때리는 엄마의 '맴매'에는 엄마의 사랑이 실려
있습니다.

아가는 울면서도 그것을 압니다.

우리를 때리시는 하나님의 채찍 뒤에는 더 큰 사랑이 실려 있습니다.

우리는 울지 않으면서도 그것을 깨닫지 못합니다.

갚아야 할 빚을 갚지 않는 것을 '떼어먹는다'고 합니다.

빚 중에 가장 큰 빚이 감사의 빚입니다.

감사를 떼어먹는 사람은 인생을 떼어먹는 사람입니다.

시편에서는 꾸고 갚지 않는 자를 악인이라고 했습니다.*

우리는 매일매일 악인이 되고 있는 것이 아닙니까?

행복은 행복해하는 사람의 것입니다.

불행은 자기가 행복하다는 것을 모르는 사람의 것입니다.

행불행은 삶의 조건에 있는 것이 아니라

마음가짐에 있는 것이기 때문입니다.

행복해하는 마음가짐의 바탕이 감사입니다.

감사의 눈으로 보면 모든 것이 아름답고,

감사의 마음으로 생각하면 세상에 행복의 조건 아닌 것이 없습니다.

---

* "악인은 꾸고 갚지 아니하나 의인은 은혜를 베풀고 주는도다(시편 37편 21절)"

행복은 감사의 문으로 들어오고, 불평의 문으로 나간다(서양 속담)

— 이 말이 맞다고 생각하는 사람은 행복한 사람입니다.

우리는 우리의 마음을 감사로 채워야 합니다.

지금 당신의 마음을 채우고 있는 것이 무엇입니까?

주식이나 예금통장이나 출세에 대한 욕구 같은 것입니까?

아니면 혹 부족함에 대한 불만이나 상처에 대한 슬픔이나 세상에 대한 불평 같은 것입니까? — 만약 그렇다면 당신은 스스로 행복을 버린 사람입니다.

당신은 철저히 감사를 떼어먹은 사람이기 때문입니다.

바닷물은 마실수록 더욱 목마릅니다.

재물은 가질수록 더욱 부족합니다.

지위는 올라갈수록 더욱 낮아 보입니다.

기쁨은 나눌수록 커지고, 슬픔은 나눌수록 작아집니다.

바보라도 이런 이치는 압니다.

그러나 똑똑한 우리는 그것을 몰라서 항상 불행합니다.

덜 중요한 것이 더 중요한 것을 덮어 버리는 것을 악이라고 합니다.

우리의 불행은 대부분 더 중요한 것을 제쳐 놓고 덜 중요한 것에 매달리기 때문에 생깁니다.

부부 싸움은 '칼로 물 베기'란 말은 반드시 옳은 말은 아닙니다.

물은 흔적이 남지 않지만 싸움은 그것이 아무리 부부 싸움이라도 상처가 남습니다.

사랑하는 사람에게 상처를 주는 데는 몇 초도 안 걸립니다.
그러나 그 상처를 치료하는 데는 몇 년이 걸릴지 모릅니다.
사랑하는 사람을 상처투성이로 만드는 것은 언제나 나 자신입니다.

그가 나를 슬프게 하는 것은, 그가 나에게 잘못하는 것입니다.
내가 하나님을 슬프게 하는 것은, 내가 하나님께 죄를 짓는 것입니다.
그래서 우리는 이렇게 기도합니다. "우리가 우리에게 잘못한 사람을 용서한 것처럼 우리의 죄를 용서하여 주십시오."

행복은 창조하는 것입니다. 없는 것을 만드는 것만이 창조가 아닙니다.
빈 곳을 채우는 것도 창조고, 어두운 곳을 밝히는 것도 창조입니다.
하나님은 우리에게 창조의 능력을 주셨습니다.
우리가 하나님 안에 거할 때 우리는 비로소 행복의 창조자가 됩니다.

(2010.)

외할머니와 어머니

.
.
.

'복'이란 은혜다. '사람의 힘으로 얻지 못하는 초자연적인 은혜'를 우리는 복이라고 부른다. 이런 복을 주시는 분이 하나님이시라고 우리 기독교인들은 믿고 있다. 하나님이 주시는 여러 복 중에서 가장 큰 복은 좋은 부모를 주시는 것이다. 부모를 두고 좋고 나쁘고를 따지는 것은 주님의 뜻에나 자식의 도리로나 합당한 것은 아니지만, 내 부모에 대한 감사의 마음을 이렇게 표현한 것이다. 나는 좋은 부모를 모시고 살았다. 아버지는 아버지대로, 어머니는 어머니대로 나에게는 참으로 좋은 부모님이셨다. 세월이 갈수록, 내 나이가 많아질수록 그런 생각을 더욱 절실히 하게 된다.

오늘은 어머니의 20번째 기일이다. 기일 예배를 드리며 어머니 생각에 새삼스럽게 눈물을 지었다. 그래서 가족들에게 어머니 이야기를 들려주었다. 살아 계셨으면 올해는 어머니께서 95세가 되시고,

아버지께서는 100세가 되시는 해다. 두 분 슬하에는 그동안 14가정 48명의 자손이 생겼다. 그중 두 사람이 세상을 뜨고, 지금 46명이 제 나름대로의 삶을 열심히 행복하게 살아가고 있다. 창세기에 하나님이 이스마엘에게 "내가 복을 주어 생육이 번다하여 크게 번성케 하리라(17장 20절)"고 하신 대목이 있는데, 생각해 보면 우리 집안도 부와 권세가 기준이 아니라면 하나님의 축복을 받아 '생육이 번다하여 크게 번성한' 집안이라 할 수 있다.

나는 경상남도 함안군 군북면 덕대리라는 작은 마을에서 태어났다. 당시 우리 집은 그 마을에서는 가장 큰 기와집이었다. 이 집에서 이미 고인이 된 큰누이와 두 아우도 태어났다. 나에게는 형이 하나 있었는데, 세 살인가 네 살 때 폐렴으로 죽었다고 했다. 당시 우리는 외할머니와 같은 집에서 살았었는데, 이 집은 내가 태어나기 직전 외할머니께서 장만하신 집이었다. 함안 조씨趙氏 문중에 시집와서 20대 초에 홀로 되신 외할머니께서는 유복자로 태어난 유일한 혈육인 어머니를 의지하며 외롭게 살아오셨는데, 어머니가 결혼하자 아버지 어머니께서 홀로 남으신 외할머니를 모시고 살기로 의논이 되어 외할머니께서 집을 장만하신 것이라 했다.

내가 태어나기 전에는 인근 마을인 동촌리에 살고 있었는데, 내 형이 죽자 그 집에 정이 떨어진 외할머니께서는 부랴부랴 이곳에 새로 집을 마련하여 이사를 하게 되었다고 했다. 고을 원님의 자부셨던 외할머니께서는 꽤 많은 농토를 유산으로 받아, 근동에서는 부자 소리를 듣던 분이셨다.

　외로우신 외할머니에게 있어 아버지는 단순한 사위가 아니었다. 목숨보다 더 귀하디귀한 아들이었다. 어린 우리들의 눈에도 그렇게 보였다. 그만큼 두 분 사이는 특별하셨다. 나는 동생이 태어나고부터는 아래채에 거처하시는 외할머니 방에 내려와 할머니와 함께 지냈는데, 아버지께서는 틈만 있으면 아래채에 내려오셔서 외할머니 어깨도 주물러 드리고, 등도 두드려 주시고, 세상 이야기도 들려주시고 하시던 모습이 지금도 눈에 선하다. 그런 아버지의 시중을 받으시면서 행복에 겨워하시던 외할머니의 표정을 잊을 수가 없다.

　한집에 살아서 자연히 그렇게 되었겠지만, 우리 형제는 어머니보다도 더 많은 외할머니의 사랑과 보살핌 속에서 자랐었다. 외할머니의 우리에 대한 사랑은 참으로 헌신적이셨다. 외할머니께서는 내 형이 죽은 것이 자신의 잘못 때문이라고 생각하셨던 모양으로 그 보상이라도 하듯 우리에게 모든 정성을 다 쏟으셨다. 꽃밭 속에서 환하게 미소를 짓고 있는, 예쁘게 생긴 서너 살 된 아이의 사진을 보여 주며 "이것이 네 형이다. 참으로 잘생겼었는데……." 하시며 눈물짓곤 하시던 모습이 지금도 눈에 선하다.

　지금 생각해 보면 우리 외할머니께서는 외유내강外柔內剛의 대단한 여장부셨을 뿐만 아니라 당시 시골에서는 보기 드물게 개명한 분이기도 하셨던 것 같다. 우리에게는 그렇게도 자상한 할머니셨고 주위 사람들에게는 한없이 인정 많은 이웃이셨는데, 소작인이나 일꾼들을 다룰 때를 보면 찬바람이 돌 만큼 위풍이 자못 당당하셨다. 뜰아래 일꾼들을 세워 놓고 불호령을 하시던 할머니의 모습이 지금도 가끔 떠오를 때가 있다. 이런 외할머니셨기 때문에 청상靑孀의 몸으로 완고한 조씨 문중 어른들의 반대를 무릅쓰고 어머니를 외지에 있는 경북여자중학교(현 경북여고)에 진학시킬 수가 있었을 것이다. 당시 어머니의 외지 유학은 여간 큰 사건이 아니었던 모양으로 문중에서는 두고두고 화제가 되었었다고 한다. 가끔 나는 우리 어머니에게서 이런 외할머니의 모습을 떠올리곤 했었다. 두 분은 닮은 데가 많았다. 특히 어려움을 헤쳐 나갈 때나 무슨 일을 결단할 때 더욱 그랬었다.

어머니는 졸업을 얼마 안 남겨 놓고 외가 친지의 주선으로 일본 와세다 대학에 다니다가 휴학하고 고향에 돌아와 계시던 아버지와 결혼을 하셨다. 자연 어머니가 졸업할 때까지 아버지와는 떨어져 있었는데, 이 기간 동안 어머니가 아버지께 보낸 사랑 편지가 수십 통 남아 있었다. 어머니께서는 이 편지들을 장 속에 소중하게 간직하고 계셨는데, 우연한 기회에 내가 이 편지들을 보게 되어 어머니를 놀려 주곤 했다. 어린 내 눈에도 요즘 말로 좀 닭살스러운 사연들이 많이 담겨 있었다. 어머니는 이렇듯 정이 많은 분이셨다. 어머니가 우리에게 보여 주신 그 헌신적인 사랑도 이런 성정에서 나왔다고 생각된다.

아버지는 그 시절의 많은 지식 청년들이 그랬던 것처럼 사회주의 사상에 물들어 있었던 모양으로, 해방이 되자 좌익 단체에 가담하여 그들의 활동에 얼마 동안 관여했었다. 사람들을 모아 놓고 연설하시

는 아버지가 그 당시 어린 나에게는 자랑스럽기까지 했다. 좌우충
돌이 끊이지 않던 해방 후의 혼란기를 지나 미군정시대를 거치면서
아버지는 경찰의 요시찰 대상이 되어 자주 경찰에 불려 다니기도 하
고, 이곳저곳 다른 곳으로 피신하여 계시기도 하고, 유치장에 갇혀
계시기도 하고 그러셨다. 어머니가 어린 나를 데리고 함안 경찰서로
아버지 면회를 갔던 기억이 난다. 그러나 아버지께서는 적극적인 좌
익 운동가는 아니었다. 해방 후 한참 동안은 무슨 간부를 맡아 꽤 분
주히 다니시던 것 같았는데, 언제부터인가 활동이 잠잠해지면서 주
로 집에서만 계셨다. 자주 술을 드셨고, 술만 드시면 어린 나를 불러
놓고 어떻게 살아야 하는가 훈계도 하시고, 내가 잘 알아듣지 못하는
시국 이야기도 하시곤 했었다. 여운형이니 박헌영이니 하는 사람의
이름을 이때 아버지에게서 처음 들었다. 지금 생각해 보면 매우 좋지
않게, 거의 분노에 가까운 어투로 그들에 관해 이야기하고 있었던 것
으로 기억한다. 아버지는 완전히 이들과 결별을 한 것 같은데 세상은
이것을 알아주지 않고 툭하면 예비검속의 대상이 되어 불려 다니기
도 하고, 또 피해 계시기도 하고 그랬다. 언젠가는 팔에 완장을 두르
고 거친 이북 사투리를 쓰는 청년들(이들이 서북청년단원이라는 사실
을 나중에야 알았다)이 떼를 지어 몰려와 피신하여 계신 아버지를 찾
아내라고 집 안을 뒤지고, 방 안에 있는 장롱을 위시하여 바깥에 있
는 장독들까지 마구 부수고 다녔다. 방 안은 난장판이 되고 뜰에는
장독에서 흘러내린 간장이 여기저기 흥건히 고여 있던 기억이 아직
도 생생하다. 이때 부서진 장롱들은 상처 난 그대로 오랫동안 우리

집 안방에 훈장처럼 놓여 있었다.

이런 일이 계속되자 어머니까지 당시 마산상업중학교에 다니는 내가 기숙하고 있던 외가 쪽 친척 할아버지 댁으로 몸을 피하시고, 집에는 외할머니와 큰누이와 두 아우만 남아 조마조마한 나날을 보내고 있었다. 그러던 어느 날 외할머니가 괴청년들에 의해 끌려갔으니 급히 피신하라는 연락이 인편을 통해 왔다. 우리는 의탁해 있던 친척 할아버지의 주선으로 '안골'이라는 어촌에 있는, 그분의 또 다른 집으로 야반도주하듯 피신을 했다. 그런데 이틀 후 바로 그 할아버지의 인도로 우리 고을 안면 있는 청년을 앞세운 낯선 청년들이 들이닥쳐 아버지를 어머니와 내 눈앞에서 붙들어 갔다. 죽일 듯이 총을 대고 하는 협박을 견딜 수 없었다고 몹시도 죄스러워하면서, 석방을 위해 최선을 다하겠다고 어머니한테 맹세하듯 다짐을 하는 그 할아버지가 미워서 치를 떨었던 기억이 난다.

끌려가신 아버지의 안부를 몰라 사색이 되어 있는 어머니와 나에게 이번에는 외할머니가 돌아가셨다는 소식이 전해졌다. 그동안 아버지의 행방을 찾기 위하여 외할머니를 심하게 고문했던 모양으로 외할머니께서는 결국 아버지 때문에 고문치사를 당하신 것이었다. 외할머니께서는 혹시나 사위가 다칠까 봐 끝까지 입을 다물고 그 모진 고문을 견디시다가 결국은 돌아가시게 되었다고 한다. 아버지 어머니에겐 이 사건이 평생의 한이 되셨다. 이때가 내가 중학교 2학년 때였고, 작은누이가 강보에 싸여 있을 때였다. 어머니의 고행은 이때부터 시작되었다.

어머니는 어린 작은누이를 업고 아버지의 구명을 위하여 동분서주하셨다. 친·외가 친척, 아버지의 지인 할 것 없이 조금이라도 힘이 될 만한 사람은 장소를 가리지 않고 찾아다니셨다. 입을 꼭 다문 채 주먹이라도 쥐신 것 같은 어머니의 그 결의에 찬 의연한 모습을 나는 두고두고 잊을 수가 없다. 외할머니에게서 볼 수 있었던 여장부의 모습을 나는 그때 내 어머니에게서 처음으로 보았다. 그리고 많은 사람들이 살얼음판 같은 당시에 자신들을 돌보지 않고 물심양면으로 힘을 보태 주었다. 사람들의 마음을 움직이는 데 어머니의 호소가 크게 작용을 했음은 말할 것도 없는 일이다. 그리하여 사지로 끌려가던 아버지가 극적으로 구출되었다. 하나님의 역사라고밖에는 설명할 수 없는 그야말로 기적적인 생환이었다. 우리는 모두 하늘이 도왔다고 기뻐했다.

내가 알기에 좌익 진영과는 거의 담을 쌓고 계시던 아버지셨는데, 그런 아버지를 경찰도 아닌 기관원들이 왜 그렇게 집요하게 괴롭혔는지 내내 의문이었다. 그것은 우리 고장의 어떤 청년이 자신의 출세를 위하여 외지에서 온 기관원들에게 아버지를 과장하여 무고했기 때문이었다는 사실을 훨씬 뒤에야 알았다. 당시는 그만큼 무법천지였었다.

외할머니께서 남겨 놓으신 유산이 꽤 있었던 모양으로 우리는 고향 집을 버리고 그 돈으로 마산에 집을 사 이사를 하였다. 다행히도 마산으로 이사하고부터는 고향에서와 같은 소동은 없어지고, 아버지도 집으로 돌아오시게 되었다. 실로 오래간만에 우리 집도 평온을 되찾게 되고, 우리도 정상적으로 학교에 다니게 되었다.

그런데 이런 평온이 1년도 채 지나지 않아서 육이오동란이 일어나면서 아버지, 아니 우리 집의 수난은 다시 시작되었다. 당시 아버지는 보도연맹에 가입해 있었는데, 보도연맹에 가입해 있던 많은 전향자들의 학살이 마산에서도 자행되었었다. 보도연맹 맹원들을 소집하는 날 천행으로 이런 사정을 미리 귀띔해 준 사람이 있어 아버지는 그 위기를 모면할 수가 있었다. 그때 모인 사람 중 살아서 돌아온 사람은 한 명도 없었다. 아버지의 생존은 그야말로 기적의 연속이었다. 아버지께서는 이때부터 정부의 사면이 날 때까지 피신 생활을 하지 않을 수 없었다. 당시 마산 시청에 근무하시던 내 고모부가 계셨는데, 그 고모님 댁 다락방에 전쟁이 끝날 때까지 숨어 지냈다. 들키면 어떤 화를 당할지도 모르는 그 어려운 상황에서도 위험을 무릅쓰고 아버지를 숨겨 주신 고모님 내외분의 우애를 잊을 수가 없다.

그 후로 우리 집 생계는 전적으로 어머니께서 담당하셨다. 외할머니의 유산이 바닥이 날 지경에 이르자 어머니께서 소매를 걷고 나섰다. 어머니께서는 온갖 궂은일을 마다하지 아니하셨고, 어떤 고초도 두려워하지 않는 무서운 생활력을 보이셨다. 한창 어려울 때는 집에 있는 피륙이나 옷가지를 내다 팔기도 하고, 뜰 앞 채소밭에서 가꾼 채소를 이고 다니며 팔기도 하시던 모습을 지금도 잊을 수가 없다. 큰누이가 결혼하고 나서는 사업하는 매제의 도움을 많이 받았다. 나중에는 그 매제의 도움으로 서울 마포구 아현동으로 이사하여 살았다. 내 두 아우와 작은누이를 여기서 결혼시켰는데, 그 어려운 조건 속에서도 자식들을 대학을 보내고, 남부럽지 않게 결혼시키려고 애쓰시던 어머니의 눈물겨운 노력을 돌이켜 생각하면 지금도 가슴이 저려 온다. 남다른 풍상을 겪으시느라 얻은 위장병과 신경쇠약이 고질이 되어 평생을 시달리면서도 이런 모든 일을 우리 어머니는 해내셨다. 그런 어머니셨는데도 나는 끝내 효자 노릇 한 번 제대로 못하고 말았다. 만년에는 여의도 한양 아파트로 이사를 하여 결혼한 작은누이가 마산으로 옮겨 갈 때까지 호수를 나란히 하여 서로 의지하며 사셨다.

어머니께서는 이곳에서 예수를 영접하셨다. 무엇이든지 대충 하는 법이 없는 어머니의 신앙생활은 놀랄 만큼 철저한 것이었다. 나는 눈을 감고 긴 기도에 빠져 있는 어머니를 자주 뵙게 되었다. 꿈에 환상으로 예수님을 만났다고도 했다. 어머니는 여의도 침례교회 집사가 되시고, 노인들의 모임인 소망회 구역장이 되어 봉사도 하셨다. 나는 한때 여의도 침례교회 교회사 집필에 관여한 적이 있는데, 그때 자료를 정리하던 중 어머니의 활동에 관한 기록을 보고 눈물을 지은 적이 있다.

우리는 이 세상에 태어날 때 제 나름의 복을 갖고 태어난다고 한다. 우리 집안이 불안하고 어려울 때 항상 그 중심에 외할머니가 계셨고, 또 어머니가 계셨다. 외할머니와 어머니께서는 어떤 경우에도 우리를 지탱하는 든든한 기둥이셨고, 방패셨고, 우리 가족의 힘의 원천이셨다. 우리 형제들과 우리의 2세들이 누리는 이 영광은 이런 외할머니와 어머니가 계셨기 때문에 가능한 일이었다. 외할머니와 어머니의 희생은 하나님께서 우리에게 베풀어 주신 복이었다고 확신한다.

(2007.)

아침이면 태양을 볼 수 있고
저녁이면 별을 볼 수 있는
나는 행복합니다.

잠이 들면 다음 날 아침 깨어날 수 있는
나는 행복합니다.

꽃이랑 보고 싶은 사람을 볼 수 있는 눈,
아기의 옹알거림과 자연의 모든 소리를 들을 수 있는 귀,
사랑한다는 말을 할 수 있는 입.

기쁨과 슬픔과 사랑을 느낄 수 있고
남의 아픔을 같이 아파해 줄 수 있는 가슴을 가진
나는 행복합니다.

(고ਠ 김수환 추기경, 「우리가 서로 사랑한다는 것」 중에서)

II 사랑 이야기

사랑 이야기

그런즉 믿음, 소망, 사랑, 이 세 가지는 항상 있을 것인데
그중에 제일은 사랑이라(고린도전서 13장 13절)

•
•
•

　우리는 그동안 사랑에 관해 많은 이야기를 나누었습니다. 이제 우리가 나눈 이야기들을 정리해 보려고 합니다. 미리 밝혀 두지만 여기서 내가 하는 말은 그것이 모두 내 생각인 것만은 아닙니다. 내가 듣고 감동을 받았거나 사랑에 대한 올바른 견해라고 생각하는 내용이면 비록 똑같게는 아니더라도 그 말이나 생각을 옮겨 오기도 하고, 내 생각에 보태기도 했습니다. 다른 분이 든 일화나 예화를 빌려 온 것도 있습니다. 그러니까 많은 분들이 해 주신 이야기를 내 기준으로 수집하고 정리했다고 하는 것이 옳을 것입니다. 당초에 내가 전하고자 하는 것은 사랑 그 자체이지 내 생각 따위가 아니기 때문입니다. 일일이 그 출처를 밝히지 못한 것은 그 출처가 확실치 않고, 또 그것이 그분들의 독창적인 견해는 아니라고 생각했기 때문입니다. 서술 과정에 혹 유사한 것이 있더라도 양해해 주시기 바랍니다.

앞서도 말한 것처럼 사랑에는 '그 누군가를 사랑하는' 사랑이 있고, '누구든지 사랑하는' 사랑이 있습니다. '~이기 때문에 사랑하는' 사랑이 있고, '~임에도 불구하고 사랑하는' 사랑이 있습니다. 그러나 그 어떤 종류의 사랑이든 거기에는 공통점이 있습니다. 그것은 자기를 지우는 것입니다. 자기를 지우지 않는 사람은 남을 사랑하지 못합니다. 합창合唱 시 자기 목소리가 큰 사람은 남의 목소리는 듣지 못합니다. 나보다 상대를 더 생각하는 것이 사랑입니다. 그런 사랑의 극치를 보여 주신 분이 예수 그리스도십니다. 그리스도께서는 십자가 죽음으로 그것을 확증하셨습니다. 더구나 그분의 사랑은 '~임에도 불구하고', '누구든지' 사랑하는 사랑이었습니다.

'~이기 때문에', '누군가를' 사랑하는 에로스(eros)나 필리아(philia)와 구별하여 이런 사랑을 아가페(agapē) 사랑이라고 합니다. 주님이 가르치시고 우리가 궁극적으로 사모하는 사랑이 이런 사랑입니다. 주님은 그래서 "네 이웃을 네 자신과 같이 사랑하라"고 하셨습니다. 이때 '이웃'은 '누구든지'입니다.

사랑은 성경에 기록되어 있는 대로 하나님의 은사요 성령의 열매입니다. 그리고 또한 그리스도께서 모든 율법을 하나로 완성시켜 내리신 '새 계명'이기도 합니다.*

"새 계명을 너희에게 주노니 서로 사랑하라 내가 너희를 사랑한

---

* "사랑은 율법의 완성이니라(로마서 13장 10절)"

것같이 너희도 서로 사랑하라(요한복음 13장 34절)"

사랑을 복음의 핵이요 결론이라고 하는 이유가 여기에 있습니다.

하나님은 바울의 입을 빌려 사랑의 중요성을 다음과 같이 피력합니다.

"내가 사람의 방언과 천사의 말을 할지라도 사랑이 없으면 소리 나는 구리와 울리는 꽹과리가 되고, 내가 예언하는 능력이 있어 모든 비밀과 모든 지식을 알고 또 산을 옮길 만한 모든 믿음이 있을지라도 사랑이 없으면 내가 아무것도 아니요, 내가 내게 있는 모든 것으로 구제하고 또 내 몸을 불사르게 내어 줄지라도 사랑이 없으면 내게 아무 유익이 없느니라(고린도전서 13장 1~3절)"

그러므로 사랑을 전제하지 않은 어떠한 행위도 선善이 될 수 없습니다. 사랑은 그 자체가 선善입니다. 사랑만이 인간을 행복하게 합니다. 이것을 피히테는 "선善만이 인간을 행복하게 한다"고 표현하고 있습니다. 사랑이 곧 지고至高의 선善이기 때문입니다. 선善이 그렇듯이 사랑도 힘입니다. 사람을 행복하게 하는 힘입니다.

"사랑에는 한 가지 법칙밖에 없다. 그것은 사람을 행복하게 해 주는 것이다." 스탕달의 말입니다.

우리에게는 저마다 평생을 바쳐 열어야 하는 문이 있고, 가야 할 길이 있고, 닿아야 할 목적지가 있습니다. 그런데 그 문이 설사 굳게 잠겨 있다 하더라도 사랑만 있으면 언제든지 열 수 있고, 그 길이 설사 구절양장九折羊腸이라 하더라도 사랑만 있으면 언제든지 헤쳐 갈

수 있고, 그 목적지가 설사 안개 속에 가려져 있다 하더라도 사랑만 있으면 언제든지 밝은 빛 속을 가듯 그렇게 나아갈 수 있습니다. 사랑의 힘은 그만큼 위대합니다. 그것은 하나님이 우리에게 주신 가장 큰 선물이기 때문입니다. "사랑은 어떤 점에서는 짐승을 인간으로 만들고, 또 다른 점에서는 인간을 짐승으로 만든다"고 셰익스피어가 말했습니다. 그러나 '짐승을 인간으로 만드는 것'은 사랑이지만 '인간을 짐승으로 만드는 것'은 결코 사랑일 수가 없습니다. 이는 사랑이 하나님의 은사요 성령의 열매임을 부정하는 생각입니다. 하나님이 어찌 이런 선물을 우리에게 주셨겠습니까? 그것은 사단이 역사한 추악한 정욕일 뿐입니다.

다시 말하지만 사랑하는 마음에서 우러나오지 않고, 사랑의 방식으로 행사되지 않은 은사는 은사가 아닙니다. 따라서 성도들의 모든 활동의 동인動因은 사랑이라야 합니다. 사랑이 바로 복음의 결론이기 때문입니다.

심리학에서는 사랑을 합일合一의 욕구라고 규정합니다. 합일의 욕구는 접촉의 욕구입니다. 접촉은 행동입니다. 따라서 행동이 따르지 않은 말과 혀로만 하는 사랑은 사랑이 아닙니다. 성경에서도 "우리가 말과 혀로만 사랑하지 말고 행함과 진실함으로 하자(요한일서 3장 18절)"고 가르치고 있습니다.

아메리카 인디언 중에 퀘추아(Quechua) 족이 있는데, 얼마 전 퀘추아 어로 성경이 번역되었다고 합니다. 그런데 성경에 나오는 '사랑'

이란 말을 번역하기 위하여 27자나 되는 말을 새로 만들었다고 하더군요. 'Kuyapayariykusnaykichikpay'란 말인데 퀘추아 어로 '큰 긍휼을 몸으로 드러낸다'는 뜻이라고 합니다. 몸으로 드러내는 것이 바로 행함이 아니겠습니까?

다음은 영국의 성서학자 윌리엄 바클레이의 말입니다.

"많은 사람들이 교회를 나오게 된 것은 신앙에 대한 이론에 설복되어서가 아니라, 기독교인의 사랑을 보았기 때문이다. 그리고 많은 사람들이 교회를 떠나게 된 것은 성경 내용을 믿을 수 없었기 때문이라기보다는 교인들의 불친절과 누추한 모습을 보았기 때문이다."

성경은 사랑의 속성을 다음과 같이 열거하고 있습니다.

"사랑은 오래 참고 사랑은 온유하며 시기하지 아니하며 사랑은 자랑하지 아니하며 교만하지 아니하며, 무례히 행하지 아니하며 자기의 유익을 구하지 아니하며 성내지 아니하며 악한 것을 생각하지 아니하며, 불의를 기뻐하지 아니하며 진리와 함께 기뻐하고, 모든 것을 참으며 모든 것을 믿으며 모든 것을 바라며 모든 것을 견디느니라 (고린도전서 13장 4∼7절)"

하나님의 은사 중 최고의 은사가 사랑이고, 성령의 열매 중 최고의 열매가 사랑입니다.

사랑과 인내

너희의 인내로 너희 영혼을 얻으리라(누가복음 21장 19절)

•
•
•

사랑은 오래 참고(고린도전서 13장 4절)

<u>1. 참는다는 것은 기다리는 것이다.</u>

'참는다'는 것은 '기다리는 것'입니다. '오래 참는다'는 것은 이루어질 때까지 기다린다는 뜻입니다. 기다림은 어떻게 보면 행복을 담은 그리움이라 할 수 있습니다. 그리움이 사랑의 가장 확실한 감정이 아니겠습니까?

사랑은 작은 설렘으로부터 큰 소망에 이르기까지 실로 다양하기 이를 데 없습니다. 생텍쥐페리는 『어린 왕자』에서 여우의 입을 빌려 이렇게 말합니다. "만약 네가 오후 4시에 온다면 난 3시부터 행복해지기 시작할 거야." 그렇습니다. 기다림은 행복입니다. 아빠가 사 주신 책가방을 머리맡에 놓아두고 밤잠을 설치며 입학식 날을 기다리는 어린아이의 마음이나, 거울 앞에서 다가오는 혼인날을 기다리며 화장을 지웠다가 했다가 하는 어린 신부의 마음이나 그것은 다 같은 가슴 설레는 행복의 마음입니다. 우리는 이렇게 기다리는 것을 '손꼽아 기다린다'고 합니다. 이것은 미지의 세계에 대한 막연한 동경憧憬을 전제로 한 기다림입니다. 동경이 그대로 그리움이 되고 사랑이 되는 것은 지극히 당연한 감정의 경로가 아니겠습니까?

그러나 기다림이 언제나 즐겁기만 한 것은 아닙니다. 기다림의 대상이 쉽게 오지 않을 때, 그런 기다림에는 초조함이 따르고 괴로움이 따릅니다. '학수고대鶴首苦待'니 '눈이 빠지게 기다린다' 느니 하는 말이 그런 심정을 나타내는 말입니다. 기다리다 지쳐 기다림을 접어 버린 사람들의 좌절과 절망을 우리는 수없이 보아 왔습니다. 그러나 집나간 탕자가 돌아오기를 기다리는 부모는 절대로 기다림을 접지 않습니다. 그 어떤 괴로움도 기다림을 접게 하지 못합니다. 기다림이 이루어질 때까지 기다리고 또 기다립니다. 그것이 참사랑입니다. '오래 참는 것'이 사랑인 근거가 여기 있습니다. 누군가 인생의 참된 가치는 기다림에 있다고 했습니다. 삶의 참된 가치가 사랑이기 때문일 것입니다. 성경은 하나님의 최고의 은사가 사랑이라고 했습니다. 그러므로 사랑이 바로 삶의 최고의 가치가 되는 것이 아니겠습니까?

기다리는 것은 우리를 위한 하나님의 계획의 일부라고 합니다. 하나님은 인간이 '율법의 시대'를 지나 '은혜의 시대'를 맞는 데 400년을 기다리게 하셨습니다. 이스라엘은 수천 년 동안 메시아의 탄생을 기다렸습니다. 예수 그리스도를 통해 마침내 그 기다림은 이루어졌습니다. 우리로 하여금 기다리게 하는 것이 하나님의 사랑이라면, 기다리는 것은 우리의 소망입니다. 기다림은 우리를 소망 속에 가두어 두는 것입니다. 기다리면서 딴 길을 가는 사람은 없습니다. 우리는 기다림을 통해 참음을 배우고 사랑을 배웁니다. 그냥 기다리는 것이 아닙니다. 간절한 소망을 가지고 기다리는 것입니다. 소망이 기다림의 목표라면 참음은 기다림의 과정입니다. 소망은 바람입니다. 바람을 마음속에 그리는 것이 꿈입니다. 꿈은 반드시 이루어진다고 했습니다. 이것이 꿈의 법칙입니다. 소망은 사모함이고, 사모하는 것이 사랑입니다. 야곱은 라헬의 사랑을 얻기 위해 14년을 기다렸습니다. 그러니까 소망이 이루어질 때까지 포기하지 않고 기다리는 것이 진정한 사랑입니다.

"사랑은 사랑하는 자에게 찾아간다." 괴테의 말입니다. 사랑하는 자가 될 때까지, 사랑의 눈이 열릴 때까지, 사랑의 마음이 세워질 때까지 간절히 소망하며 기다리는 것이 오래 참음입니다. 그러나 기다리는 것이 감나무 아래 누워서 감 떨어지기를 기다리는 그런 기다림을 말하는 것은 아닙니다. 기다림은 끈질긴 노력을 전제로 한 것입니다. 노력을 동반하지 않은 기다림은 나태懶怠일 뿐입니다. 노력하지 않고 사랑의 눈이 열리는 것이 아닙니다. 노력하지 않는데 행복이 저절로 굴러 들어오는 것은 아니기 때문입니다.

과일은 때가 차야 익고, 물은 100도가 되어야 끓습니다. 때가 찰 때까지, 100도가 될 때까지 기다리는 것이 오래 참는 것입니다. 그러나 과일은 때가 찰 때까지 끊임없이 물과 양분이 공급되어야 하고, 물은 100도가 될 때까지 계속 불을 지펴야 합니다. 이런 과정이 생략된 기다림은 기다림이 아닙니다.

기다림은 소망이요 사랑입니다. 작고한 시인 모윤숙 여사는 사랑의 기다림을 이렇게 절절히 노래하고 있습니다.

> 천년을 한 줄 구슬에 꿰어
> 오시는 길을 한 줄 구슬에 이어 드리겠습니다.
> 하루가 천년에 닿도록
> 길고 긴 사무침에 목이 메 오면
> 오시는 길엔 장미가 피어 지지 않으오리다.
> 오시는 길엔 달빛도 그늘지지 않으오리다.
>
> (「기다림」 중에서)

2. 참는다는 것은 감싸 안는 것이다.

'참는다'는 것은 '감싸 안는' 것입니다. 일본어 성경에서는 '오래 참음'을 관용寬容이라고 번역하고 있습니다. 관용이란 포용包容하는 것이고, 포용하는 것이 바로 감싸 안는 것입니다. 감싸 안는다는 것은 상대의 흠이나 허물을 덮어 주고 다독거려 주는 것입니다. 나에게 상처가 될 수도 있고, 고통이 될 수도 있는 남의 흠이나 허물을 감싸 안는 데는 인내가 필요합니다. 인내는 어떤 의미로는 자기 망각입니다. 자기를 고집하는 사람에게서는 남을 위한 인내를 기대할 수 없습니다. 이 인내하게 하는 힘이 바로 사랑입니다. 인내의 도가 깊을수록, 인내의 기간이 길수록 사랑의 크기는 더 큰 법입니다.

벤자민 B. 워필드라는 신학자는 신혼여행 중 25살 난 그의 아내가 풍랑 속에서 벼락을 맞아 불구가 되었습니다. 그는 39년 동안 아내 곁에서 아내를 간호했습니다. 그는 그동안 2시간 이상 집을 비운 적이 없었다고 합니다. 세상에 불구보다 더 큰 상처가 어디 있겠습니까? 하지만 그는 평생을 아내의 불구를 감싸 안고 살았습니다. 그러기 위해서는 얼마나 많은 참음이 있었겠습니까? 사랑이 없으면 감싸 안을 수 없고, 감싸 안지 못하면 참지 못합니다.

감싸 안기 위해 때로는 속아 주어야 할 때도 있습니다. 속아 주는 것도 참는 것입니다. 그런데 속은 줄 알면 바보 취급을 당한 것 같아서 기를 쓰고 따져 밝히려는 사람이 있습니다. 그러면 결국 남는 것은 다툼뿐이고, 다툼은 상처를 남기고, 상처는 미움의 빌미가 되는 법입니다.

"너희 관용을 모든 사람에게 알게 하라 주께서 가까우시니라(빌립보서 4장 5절)" 성경에서도 이를 엄격히 경고하고 있습니다.

이탈리아는 한국과 비슷한 크기와 인구를 가진 반도입니다. 그러나 로마는 과거 천여 년간 세계를 지배했었습니다. 그 이유를 일본의 여성 작가 시오노 나나미는 『로마인 이야기』란 작품에서 관용과 포용이라고 설파했습니다. 전쟁을 해도 로마 군대는 항복하는 적에 대하여 자신의 무기를 가진 채 고향으로 돌아가게 해 주었고, 고향으로 가는 길에 여비까지 보태 주었고, 현지에서 로마군에 입대하기를 원하는 사람은 즉각 로마 시민권을 주고 입대를 시켰다고 합니다. 로마는 이렇게 항복하는 적들을 감싸 안았습니다. 이런 관용과 포용이 로마 천 년 역사를 지탱해 온 힘의 원천이 되었었다고 그녀는 역설하고 있는 것입니다.

"사랑이란 한없는 관용, 조그마한 것에서부터 오는 법열, 무의식의 선의, 완전한 자기 망각이다." 샤르돈의 말입니다. 사랑은 자기를 고집하지 않고 모든 것을 끌어안는 넓은 가슴입니다.

감싸 안는 것은 또 용서하는 것입니다. 용서는 예수님 사랑의 핵입니다.

베드로가 예수님께 '누가 내게 죄를 범했을 때 몇 번이나 용서하여 주면 되겠습니까? 일곱 번까지 하면 되겠습니까?' 하고 물었습니다. 예수께서는 '일곱 번뿐 아니라 일흔 번씩 일곱 번이라도 해야 한다'고 대답했습니다(마태복음 18장 21~22절).

예수께서는 자신을 십자가에 매달고 핍박하고 조롱하고, 심지어 옷까지 벗겨 가려는 로마 병사들을 향하여 "아버지여 저들을 용서하여 주옵소서. 저들은 자기가 무슨 일을 하는지 알지 못합니다(누가복음 23장 34절)" 하고 용서를 빌었습니다. 주님께서는 평소에도 제자들에게 "너희가 사람의 과실을 용서하면 너희 천부께서도 너희 과실을 용서하시려니와, 너희가 사람의 과실을 용서하지 아니하면 너희

아버지께서도 너희 과실을 용서하지 아니하시리라(마태복음 6장 14~15절)"고 가르치셨습니다. 그리고 죽음을 앞에 한 십자가 위에서 주님께서는 몸소 용서의 모범을 보이셨습니다. 자신을 해친 자를 위해 용서를 비는 이 목소리야말로 사랑의 극치를 보이는 구원의 목소리였습니다.

"우리가 아직 죄인 되었을 때에 그리스도께서 우리를 위하여 죽으심으로 하나님께서 우리에 대한 자기의 사랑을 확증하셨느니라(로마서 5장 8절)" 성경 말씀입니다.

우리의 죄 사함은 주님의 이런 사랑에서 이루어졌습니다. 사랑을 복음의 결론이라고 말하는 이유가 여기에 있습니다.

장 발장을 구원한 것은 선을 악으로 갚은 자신의 배은망덕背恩忘德을 용서한 신부의 사랑이었습니다.

인종차별이 심했던 때의 이야기입니다. 한 백인 신사가 자기 집 정원 앞에서 맥주를 마시고 있었습니다. 이때 남루한 차림의 한 인디언이 배가 고파 죽을 지경이니 빵 한 조각만 나누어 달라고 사정을 했습니다. 신사는 "너에게 줄 빵 같은 것은 없다"고 차갑게 쏘아붙였습니다. 인디언은 "그렇다면 지금 당신이 마시는 맥주라도 한 잔 주십시오." 하고 다시 사정을 했지만, 그 신사는 들은 체도 하지 않았습니다. 배고픔과 갈증으로 지칠 대로 지친 그 인디언은 마지막으로 물 한 모금이라도 달라고 애걸을 했습니다. 그랬더니 그 신사는 "개 같은 너희 인디언에게 줄 물 같은 것은 없어!" 하고 소리를 질렀습니다. 인디언은 슬픈 얼굴로 돌아갔습니다.

며칠 뒤 이 백인 신사가 사냥을 나갔다가 깊은 산중에서 그만 길을 잃었습니다. 종일 산속을 헤맸으나 길을 찾을 수가 없었습니다. 겁에 질려 이리저리 허둥대다가 더 깊은 산중으로 빠져들었습니다. 밤이 되었습니다. 배고픔과 목마름까지 겹쳐 이제 죽는구나 싶었습니다. 사색이 되어 떨고 있는데 마침 그곳을 지나가던 행인이 있었습니다. 그 행인은 그를 자기 집으로 데리고 가서 먹을 것과 마실 것을 내놓고 정성껏 대접을 했습니다. 그 신사가 정신을 차리고 보니 자기를 구출한 사람은 바로 얼마 전에 자기가 박대했던 그 인디언이었습니다. 백인 신사는 너무나 부끄러워 얼굴을 들 수가 없었습니다. 그런 신사에게 이 인디언은 조용히 말했습니다. "당신이 얼마 전에 나에게 한 것처럼 내가 당신을 대했다면 지금쯤 당신은 산중에서 죽었을 것입니다."

악을 악으로 갚지 않고 선으로 베푸는 것이 용서입니다. 용서는 사랑의 꽃입니다.

"네 원수가 배고파하거든 음식을 먹이고 목말라하거든 물을 마시게 하라. 그리하는 것은 핀 숯을 그의 머리에 놓는 것과 일반이요 여호와께서 네게 갚아 주시리라(잠언 25장 21~22절)" 성경 말씀입니다.

3. 참는다는 것은 마음을 다스리는 것이다.

'참는다'는 것은 '마음을 다스린다'는 뜻이기도 합니다. 우리가 사랑을 위해서는 우선 남을 원망하는 마음부터 다스려야 합니다. 세상을 살다 보면 성나는 일도 많고, 다툴 일도 많은 법입니다. 이런 성남과 다툼은 주로 원망하는 마음에서 시작됩니다. 원망은 모든 잘못을 남의 탓으로 돌릴 때 생겨나는 마음입니다. 원망이 미움의 원인이 되고, 미움이 밖으로 표출되는 것이 성남이고, 성이 서로 부딪쳐서 다툼이 되는 것이 아니겠습니까? 미움과 다툼은 인간관계를 파괴하는 독소 중의 독소입니다. 거기에는 전적으로 사랑이 배제되어 있기 때문입니다. 사랑이 실종된 인간관계가 바로 지옥이 아니겠습니까? 성경은 "형제들아 서로 원망하지 말라 그리하여야 심판을 면하리라(야고보서 5장 9절)"고 가르치고 있습니다.

우리가 우리의 삶에서 미움과 다툼이라는 이 독소를 제거하려면 그 원인이 되는 원망의 마음을 우리 마음속에서 걷어내야 합니다. 우리는 이를 원망하는 마음을 '다스린다'고도 하고 '참는다'고도 합니다.

원망하는 마음은 자기 잘못까지도 남의 탓으로 돌리는 비겁한 마음입니다. 따지고 보면 어떤 경우에도 그것을 꼭 남의 탓으로만 돌릴 것이 아닐 수도 있습니다. 생각하기에 따라서는 모두가 자기 탓일 수도 있습니다. 남의 탓으로 돌리는 것은 그 마음자리가 미움으로 차 있기 때문입니다. 내 마음이 사랑으로 차 있으면 모든 것이 내 탓으로 비치는 법입니다. 그래서 우리는 한때 '내 탓이오'를 삶의 슬로건으로 내세운 적이 있지 않습니까? 도산 안창호 선생님은 경술국치庚戌國恥를 두고 "우리나라를 망하게 한 것은 일본도 이완용도 아닌 바로 우리 자신"이라고 말했습니다. 일본으로 하여금 우리의 조국에 손톱을 박게 한 것도, 이완용으로 하여금 조국을 팔도록 내버려 둔 것도 우리 자신이기 때문이라고 했습니다. 원망은 사랑이 메마른 사람들이 하는 비인격적인 자기방어 수단에 지나지 않습니다.

사랑의 눈으로 보고 사랑의 마음으로 생각하면, 원망의 조건이 되었던 것이 도리어 은혜요 축복으로 바뀔 수도 있습니다.

일본 '내쇼날' 상표의 창업주인 마쓰시타 고노스케 회장은 산하에 570여 개의 기업과 19만 명의 종업원을 거느린 기업의 총수로서, 95세까지 정정하게 살다 간 일본의 전설적인 대재벌입니다. 그는 자신의 성공 비결을 묻는 부하 직원에게 이렇게 대답했다고 합니다.

"나는 세 가지 하늘의 큰 은혜를 입고 태어났네. 그 은혜란 '가난한 것, 허약한 것, 배우지 못한 것', 이 세 가지라네. 가난 속에서 태어났기 때문에 부지런히 일하지 않고는 잘살 수 없다는 것을 일찍부터 터득할 수 있었네. 또 허약하게 태어난 덕분에 건강의 소중함을 일찍이 깨달아 몸을 아끼고 건강에 힘써 지금 90이 되어서도 50대의 건강을 유지할 수 있게 되었네. 초등학교 4학년밖에 다니지 못했기 때문에 항상 이 세상 모든 사람을 스승으로 받들어 배우는 데 노력을 아끼지 않았고, 덕분에 남 못지않은 지식과 상식을 쌓을 수 있었네. 이러한 불행한 환경이 나를 키우기 위해 하늘이 주신 시련이라 생각하고 감사하고 있다네."

마쓰시타 회장이 자신의 불우한 환경을 하늘의 은혜로 받아들인 것은 바로 모든 것을 사랑의 마음으로 수용하는 현명한 마음의 다스림 때문이었습니다. 보통 사람 같으면 분명 원망의 조건인데도, 그는 그것을 은혜의 조건으로 받아들인 것입니다.

4. 참는다는 것은 이겨 내는 것이다.

'참는다'는 것은 '이겨 내는' 것입니다. 우리가 우리의 마음을 다스려 반드시 이겨 내야 할 것은 우리에게 끊임없이 다가오는 고난이니 고통이니 하는 온갖 마음의 가시들입니다. 우리의 인생은 누군가가 말한 것처럼 고난과 고통으로 점철된 긴 여정이라고 할 수 있습니다. 내 사전에는 불가능이 없다고 큰소리치던 나폴레옹도 "산다는 것은 고통을 치른다는 것 같다"고 탄식한 일이 있습니다. 이런 고난이나 고통을 이겨 내는 길은 인내, 곧 참아 내는 것뿐입니다. 그래서 인내는 고난과 고통에 대한 최상의 치료제라고 하는 것입니다. 인내는 또 행위의 표출을 억제하는 것이므로, 그것은 덕행에 속합니다. 세상의 위인이라는 사람들은 다 자신에게 닥친 고난이나 고통을 이겨 낸, 참을성이 많은 사람들이었습니다. 그래서 인내심은 인격의 잣대가 된다고 하는 것이 아니겠습니까?

아랍 속담에 '태양만 비추면 사막이 된다'는 말이 있습니다. 우리는 밝은 태양만을 원하지만 태양이 태양 구실을 하려면 밤도 있어야 하고, 흐린 날도 있어야 하고, 눈비가 오는 날도 있어야 합니다. 노상 태양만 비추고 있다면 땅이 어떻게 되겠습니까? 황막한 사막이 되고 말 것이 아닙니까? 빛은 어둠이 있어야 비로소 빛인 것입니다. 어둠이 없는 빛은 이미 빛이 아닙니다.

동쪽에서 떠오르는 태양이 아름다운 것은 밤을 참고 어둠을 이겨 냈기 때문입니다. 광야에 만발한 들꽃이 아름다운 것은 모진 바람을 견뎌 내고 피었기 때문입니다.

행복에는 반드시 뒤안길이 있기 마련입니다. 이 뒤안길을 일컬어 사람들은 고난이라고 합니다. 이 뒤안길의 고난을 이겨 내는 것이 인내입니다. 우리의 고통이나 고난은 대부분 우리가 불러들인 것들입니다. 고난은 과정이고, 고통은 결과입니다. 다시 말하면 고통은 마음이고, 고난은 조건에 대한 인식입니다. 마음먹기에 따라서는 모든 조건이 다 고난일 수 있고, 어떤 조건도 고난이 아닐 수도 있습니다. 고난이니 고통이니 하는 것은 다 마음자리에 있는 것이지, 결코 외부 조건에 있는 것이 아니기 때문입니다. 만약 실패 때문에 절망하고 있다면 실패는 고난이고, 절망은 고통입니다. 그러나 실패를 기회로 받아들인다면 실패가 도리어 희망이 되고 은혜가 될 수도 있는 것입니다. 문제는 고난을 어떻게 받아들이느냐 하는 마음가짐에 있습니다. 고난을 기회로, 고통을 은혜로 받아들이는 것이 여기서 말하는 인내요 참음입니다. 그래서 참음을 지혜라고 하는 것입니다. 지혜란 하나님이 주신 은사입니다. 성경은 야고보서에서 "너희 중에 누구든지 지혜가 부족하거든 모든 사람에게 후히 주시고 꾸짖지 아니하시는 하나님께 구하라 그리하면 주시리라(1장 5절)"고 가르치고 있습니다. '오래 참음'이 성령의 열매라고 말하는 이유가 여기에 있습니다.

주님은 우리가 어려울 때 우리와 함께 계십니다. 힘들 때, 외로울 때, 절망할 때, 그 순간이 바로 주님께서 우리와 가장 가까이 계시는 때입니다. 우리가 이런 하나님의 손을 잡으면 세상에 문제 될 것이 없습니다. 문제는 그것을 문제 삼는 자에게만 문제가 될 뿐입니다. 그러니까 우리가 겪는 모든 고통과 고난은 전적으로 우리 탓입니다. 그것은 모두 우리가 자청하여 지고 가는 무거운 짐들입니다. 그래서 하나님께서는 "수고하고 무거운 짐 진 자들아 다 내게로 오라 내가 너희를 쉬게 하리라(마태복음 11장 28절)"고 말씀하고 계십니다. 이것이 하나님의 사랑입니다. 우리가 하나님의 이런 사랑을 믿고 맡긴다면 우리 앞에 펼쳐지는 모든 어려움을 이겨 낼 수 있습니다.

제2차 세계대전 때의 실화입니다. 부수라는 장군이 이끄는 영국군 부대가 전투에 참패하여 거의 전멸하다시피 했습니다. 장군은 간신히 살아남은 몇몇 패잔병과 함께 허둥지둥 숲 속으로 도망을 쳐 동굴 속에 몸을 숨겼습니다. 그러나 정신을 차리고 보니 참패에 이르게 한 자신이 죄스러워 견딜 수가 없었습니다. 그는 얼굴을 들고 세상을 살아갈 자신이 없었습니다. 자살을 결심하고 칼을 빼들었습니다. 그 순간 줄을 치려고 발버둥을 치고 있는 한 마리의 거미가 눈에 들어왔습니다. 바람이 세게 불고 있었습니다. 거미는 이쪽 가지에서 저쪽 가지로 줄을 이으려고 열심히 줄을 뽑고 있었습니다. 그러나 바람 때문에 줄을 제대로 이을 수가 없었습니다. 거미는 줄을 뽑았다가 떨어지고 뽑았다가 떨어지고, 똑같은 동작을 수없이 되풀이하고 있었습니다. 그것은 지칠 줄 모르는 발버둥이요 끈질긴 투쟁이었습니다. 그러다가 마침내 줄을 잇는 데 성공했습니다. 이것을 지켜본 부수 장군은 뽑아 든 칼을 거두고 주먹을 불끈 쥐었습니다. 그리고 부르짖었습니다. "난 이제 겨우 한 번 실패했을 뿐이다!" 그 후 그는 다시 전쟁터에 나가 대승을 거두었습니다.

그는 거미의 끈기를 통해 '오래 참음'을 배웠고, '끈질기게 견디는 것'을 배웠습니다. 그러나 거미를 통해 그것을 깨닫게 한 것은 하나님, 곧 성령의 은혜입니다.

우리의 믿음이 부족하여 하나님께 맡기지 못하고 내가 붙잡고 있으면 우리는 결코 고통에서 헤어나지를 못합니다. 주님을 바라보는 것이 참는 것입니다. 주님을 '참으신 이'라고 했습니다. 주님은 참고 사셨고, 참으며 죽으셨습니다. 이런 주님을 생각하면 무엇이든지 참을 수 있습니다. 가난할 때, 억울할 때, 고통스러울 때, 실패했을 때, 낙심했을 때, 주님을 바라보면 다 참아 낼 수 있습니다. 주님을 바라보는 것이 주님을 사랑하는 것입니다. 주님을 사랑하는 자가 이웃을 사랑하는 자입니다.

"우리가 환난 중에도 즐거워하나니 이는 환난은 인내를, 인내는 연단을, 연단은 소망을 이루는 줄 앎이로다(로마서 5장 3~4절)"

고통은 소망의 씨요, 소망의 씨가 사랑의 씨요 기쁨의 씨입니다.

1914년 겨울밤 에디슨의 공장에 불이 나서 공장이 모두 타 버렸습니다. 그의 평생 노력의 결과가 완전히 없어진 것이었습니다. 화재 소식을 듣고 달려온 에디슨은 바람을 타고 퍼져 나가는 화염을 그저 보고 있을 수밖에 없었습니다. 에디슨의 나이 67세 때였습니다. 누가 보아도 그것은 재기 불능의 대재난이었습니다. 그러나 다음 날 아침 에디슨은 잿더미로 변한 공장을 둘러보면서 이렇게 말했습니다.

"지금까지 우리가 저지른 모든 시행착오와 실패들이 완전히 타 없어졌다. 이제 우리는 그런 실패들을 거치지 않고 다시 시작할 수 있게 되었다."

3주 후에 에디슨의 공장은 첫 축음기를 생산하는 데 성공했습니다.

우리에게 가해지는 모든 고통은 하나님이 주시는 시련입니다. 하나님은 우리에게 일어나는 법을 가르치시기 위해 우리를 쓰러뜨린다고 합니다. 그러니 그것은 고난이 아니라 은혜입니다. 고난을 이겨 내면 은혜가 보입니다. 은혜는 사랑의 다른 이름입니다.

사랑과 온유

나는 마음이 온유하고 겸손하니 나의 멍에를 메고 내게 배우라
그러면 너희 마음이 쉼을 얻으리니 (마태복음 11장 29절)

•
•
•

사랑은 온유하며 (고린도전서 13장 4절)

1. 온유함은 힘이요 능력이다.

우리말 '온유溫柔함'은 '마음씨가 부드럽고 따뜻함'을 뜻합니다. 부드럽고 따뜻한 마음씨가 바로 사랑의 마음입니다. 우리는 어머니의 손길에서 그것을 피부로 느낍니다. 그러나 어머니의 사랑이 부드럽고 따뜻하기만 한 것이 아니지 않습니까? 세상에 어머니의 사랑보다 더 강한 것은 없습니다. 칼뱅은 온유를 부드러우면서 강인한 마음씨라고 규정했습니다. 여기서 강인하다는 말은 어려움을 극복하고 상황을 변화시키는 큰 힘이 있다는 뜻입니다.

1863년 눈보라가 세차게 몰아치던 어느 날, 영국의 사우스 웨일즈

구릉 지대에서 한 여인이 갓난아기를 품에 안은 채 얼어 죽어 있었습니다. 구조단은 현장에서 여인의 겉옷에 싸여 엄마의 품 안에서 살아 숨 쉬고 있는 아기를 발견했습니다. 여인은 겉옷을 모두 벗어 아기를 싸고는 품에 꼭 품고 있었던 것입니다. 이로부터 50여 년 후 어머니의 사랑으로 살아난 이 아기는 영국의 총리가 되었습니다. 그가 바로 위대한 정치가로 손꼽히는 로이드 조지입니다.

정한모 시인은 「어머니」를 이렇게 노래하고 있습니다.

"어머니는 / 눈물로 / 진주를 만드신다. // 그 동그란 광택의 씨를 / 아들들의 가슴에 / 심어 주신다. // 씨앗은 / 아들들의 가슴속에서 / 벅찬 자랑, / 젖어드는 그리움, / ······"

로이드 조지의 어머니는 눈물이 아니라 죽음으로 아들의 가슴에 벅찬 자랑을 심어 주었습니다. 어머니의 목숨을 던진 사랑은 아들을 키우는 크나큰 씨앗이 된 것입니다.

미국의 링컨 대통령은 어머니를 이렇게 기억한다고 말한 적이 있습니다.

"나는 어려서 어머니가 나를 위해서 기도하시던 몇 개의 기도문을 외우고 있었습니다. 그것은 한마디로 나를 사랑해 주시는 말들이었습니다. 이 기도들이 나의 평생을 쫓아다녔습니다. 나에게 가장 큰 영향을 준 것은 어머니의 기도였습니다."

어머니의 기도는 어머니의 사랑이었습니다. 어머니의 사랑이 링컨이라는 위인을 키워 냈던 것입니다. 어머니의 사랑은 링컨을 따라

다니면서 그가 실족했을 때 그를 바로잡아 주었고, 그가 실패하고 절망하고 좌절할 때마다 그를 일으켜 주었습니다.

'여자는 약하나 어머니는 강하다'고들 합니다. 이는 말할 것도 없이 어머니의 사랑이 강하다는 말이 아니겠습니까? 어디 어머니의 사랑뿐이겠습니까? 사랑치고 강하지 않은 사랑은 없습니다. 거기에는 상황을 바꾸는 힘이 있고 자신을 통제하는 능력이 있습니다.

'온유함'을 흔히 '창조적인 받아들임'이라고도 합니다. 다시 말하면 어려운 상황을 내적으로 수렴하여 이를 창조력으로 변화시켜, 자신을 온화하고 부드럽게 조절하는 마음씨로 바꾸는 것입니다. 이는 모든 인격과 상황을 선으로 바꾸는 능력이기도 합니다.

우리는 세계의 어머니라고 불리는 테레사 수녀의 사랑 이야기를 수없이 들어 왔습니다. 오지奧地에서 헐벗고 굶주리는 빈민들과, 나병과 결핵과 에이즈 등의 난치병에 신음하는 병자들과, 의지할 데 없는 천애의 고아들에게 꿈과 희망을 심어 주고 그들을 불행에서 건져 준 것은 테레사 수녀의 사랑의 힘이었습니다. 테레사 수녀의 사랑이 이들의 상황을 바꾸어 놓은 것입니다. 그녀는 노벨 평화상 수상(1979년) 소감을 다음과 같이 피력했습니다.

"저는 우리 가난한 사람들을 위해 청빈을 선택합니다. 그러나 배고프고 벌거벗고 집이 없으며 신체에 장애가 있고 눈이 멀고 병에 걸려서, 사회로부터 돌봄을 받지 못하고 거부당하며 사랑받지 못하여 사회에 짐이 되고 모든 이들이 외면하는 사람들의 이름으로 이 상을 기쁘게 받습니다.”

테레사 수녀의 이 마음씨가 다름 아닌 예수님의 마음씨입니다. 예수님은 “나는 마음이 온유하고 겸손하니 나의 멍에를 메고 내게 배우라(마태복음 11장 29절)”고 하셨습니다. 그 온유함이 예수님의 위대한 사랑의 바탕입니다. 예수님은 모든 온유의 근본이십니다.

다윗도 시편에서 “주의 온유함이 나를 크게 하셨나이다(18편 35절)”라고 노래하고 있습니다.

온유함을 그리스어로 번역하면 ‘통제된 힘’이란 뜻이 된다고 합니다. 온유한 성품을 갖게 되면 하나님이 우리에게 주신 잠재력을 최대한 발휘할 수 있게 된다는 뜻입니다. 이 잠재력은 안으로는 자신을 다스리는 능력이 되고, 밖으로는 남을 감싸 안는 힘이 됩니다. 이런 의미에서 온유함은 덕이요 인격입니다. 자고로 위대한 지도자들은 이 덕을 갖추고 있었습니다. 성경에서도 이를 증언하고 있습니다. 모세를 가리켜 “이 사람 모세는 온유함이 지면의 모든 사람보다 승하더라”고 하여 모세를 당대 가장 온유한 사람이라고 칭찬했고, 다윗은 자기를 죽이려는 사울을 끝까지 복수하지 않은 덕이 있었다고 기술하고 있습니다. 모세나 다윗의 그 견고한 사랑과 강력한 지도력의 근본이 바로 온유함에서 온 것이었습니다. 강함만이 힘이 아닙니다. 온유가 더 큰 힘이 될 수 있습니다. 바람과 해가 나그네의 외투 벗기기 내기를 했을 때 외투를 벗긴 것은 바람의 강함이 아니라 햇볕의 따스함이었음을 우리는 알고 있습니다.

오스트리아 빈의 성인 클레멘스 호프바우어가 나폴레옹 전쟁 대부모를 잃은 고아들을 위하여 성금을 모았습니다. 그는 한 간이음식점에 들어가 카드놀이를 하는 세 남자에게 다가가 선한 일에 기부할 것을 부탁했습니다. 그러자 그들 가운데 한 사람이 욕설을 퍼부으며 호프바우어의 얼굴에 침까지 뱉었습니다. 호프바우어는 조용히 손수건을 꺼내 침을 닦고 이렇게 말했습니다. "그래, 이건 선생께서 내게 주신 거로군요. 그러면 우리 고아들에게도 무언가를 베풀지 않으시겠습니까?" 어안이 벙벙해진 그 노름꾼은 무엇에 홀린 듯 호주머니에서 돈을 몽땅 꺼내 호프바우어에게 주었습니다.

이 사람의 마음을 바꾸어 놓은 것이 무엇이겠습니까? 호프바우어의 온유함의 힘이 아니겠습니까?

온유함은 온화하고 부드러운 성품이며, 자기를 조절하는 능력이며, 선을 행하는 덕망입니다.

2. 온유함은 지혜로움이요 겸손함이다.

'온유함'은 '지혜로움'을 뜻한다고 성경이 증언하고 있습니다. 예수님은 "온유한 자는 복이 있나니 땅을 기업으로 받을 것(마태복음 5장 5절)"이라고 말씀하셨습니다. 땅을 기업으로 받는다는 말은 땅과 사람을 다스리는 사람이 된다는 뜻입니다. 누군가를 다스리는 사람은 먼저 자기를 다스릴 수 있는 사람이라야 합니다. 앞에서 나는 자기를 다스리는 힘이 온유함이라고 했습니다. 자기를 다스리는 사람은 선을 실천하는 사람이고, 선을 실천하는 사람을 성경은 '지혜의 온유함으로 행하는 사람'이라고 규정하고 있습니다. "너희 중 지혜와 총명이 있는 자가 누구뇨 그는 선행으로 말미암아 지혜의 온유함으로 그 행함을 보일지니라" 야고보서 3장 13절의 말씀입니다. 그러므로 온유함은 곧 지혜로움입니다. 모든 인격과 상황을 선으로 바꾸어 놓는 지혜가 바로 온유함입니다.

　성경 사전에서는 온유함을 '겸손함'이라고 풀이하고 있습니다. 겸손은 예수님 품성의 첫째 덕목입니다. 그분의 사랑도 지혜도 이 겸손을 모태로 한 것입니다. 예수님께서도 자신을 "나는 온유하고 겸손하다"고 하셨습니다. 이는 온유가 곧 겸손임을 뜻하는 표현이 아니겠습니까? 가장 낮은 데 처하여 모든 사람을 섬기려 오신 예수님, 스스로 몸을 굽혀 손수 제자들의 발을 씻어 주시던 예수님. 만약 우리가 이런 예수님의 겸손을 닮는다면 그것이 곧 예수님의 근본을 닮는 것이 됩니다. 그리고 겸손은 사랑의 모태가 됩니다. 인류를 위한 예수님의 그 숭고한 사랑도 스스로 낮은 데 처하기를 원하는 겸손에서 나온 것입니다. 스스로 낮은 데 처하여 모든 사람을 끌어안는 부드러운 마음씨가 바로 겸손함입니다.
　『탈무드』에도 이런 경고가 실려 있습니다.

　"당신은 자신에게 적당하다고 여겨지는 자리보다 낮은 자리를 잡아라. 다른 사람으로부터 '내려앉으십시오'라는 말을 듣느니보다는

'올라앉으십시오'라는 말을 듣는 편이 낫다. 하나님은 자기 스스로 높은 자리에 앉은 자를 낮은 곳으로 떨어뜨리고 스스로 겸양하는 자를 높이 끌어올리신다."

성경은 '겸손은 하나님이 주신 삶의 지혜'라고 가르치고 있습니다. "교만이 오면 욕도 오거니와 겸손한 자에게는 지혜가 있느니라" 잠언 11장 2절의 말씀입니다. 고난을 희망으로, 핍박을 축복으로 바꿀 수 있는 지혜가 바로 겸손입니다. 기뻐하는 사람들과 함께 기뻐하고, 슬퍼하는 사람들과 함께 슬퍼하는 삶의 지혜도 겸손에서 나옵니다. 겸손은 우리 삶의 질을 높여 줍니다. 마태복음 23장 12절에서 "누구든지 자기를 높이는 자는 낮아지고 누구든지 자기를 낮추는 자는 높아지리라"고 증언하고 있습니다.

어느 날 한 도시에서 대형 트럭이 지하로의 입구에 꽉 끼이는 사고가 일어났습니다. 차는 앞으로도 뒤로도 움직이지 못했습니다. 경찰이 출동하고 구경꾼들이 모여들었습니다. 기술자들이 차를 빼내기 위해 궁리하고 있었습니다. 그때 한 소년이 트럭 운전기사에게 다가와서 말했습니다.
"아저씨, 제가 차를 빼낼 방법을 가르쳐 드릴까요?"
"됐다, 꼬마야. 어른들이 알아서 할 거다. 다칠라, 저리 가라."
"타이어에서 공기만 조금 빼면 돼요."
어른들은 그 아이의 말을 듣고 타이어의 공기를 조금 뺐습니다. 그러자 정말 트럭이 쉽게 빠져나왔습니다.

겸손은 타이어에서 바람을 조금 빼는 것과 같습니다. 바람을 조금만 빼면 문제는 해결됩니다. 바람을 뺄 줄 모르는 것, 그것이 문제의 원인입니다. 인간관계에 대처하는 우리의 모습이 이렇습니다. 우리 자신이 조금만 바람을 빼면 문제는 쉽게 해결됩니다. 너무 바람이 많이 들어 있어, 부딪히고 끼이고 갈등을 유발합니다. 조금만 바람을 빼고 낮추면 모든 문제는 해결됩니다. 누군가가 이런 재치 있는 비유를 들려주었습니다. 그렇습니다. 바람을 조금 빼는 것, 그것이 바로 겸손이고 지혜입니다.

"아무 일에든지 다툼이나 허영으로 하지 말고 오직 겸손한 마음으로 각각 자기보다 남을 낫게 여기고(빌립보서 2장 3절)" 성경 말씀입니다.

겸손은 또한 우리의 삶을 기쁨과 즐거움으로 가득 차게 합니다. 이사야 선지자도 "겸손한 자에게 여호와로 말미암아 기쁨이 더하겠고 사람 중 가난한 자가 이스라엘의 거룩하신 이로 말미암아 즐거워하리니(이사야서 29장 19절)"라고 증언하고 있습니다. 겸손이 온유고, 온유가 사랑이기 때문입니다.

3. 온유함은 친절함이다.

'온유함'을 영어 성경에서는 '친절함(kind)'이라 하고, 친절을 갈라디아서에서는 자비慈悲라고 표현하고 있습니다. 그러므로 친절은 성품, 곧 마음씨일 뿐 아니라 행위이기도 합니다. 즉, 따뜻한 마음으로 모든 사람을 너그럽게 대하는 마음씨요, 사랑을 담아 행동으로 보여 주는 행위를 말합니다. 톨스토이는 이 세상을 아름답게 하고, 모든 비난을 해결하고, 얽힌 것을 풀어 헤치며, 어려운 일을 수월하게 만들고, 암담한 것을 즐거움으로 바꾸는 것이 있다면 그것은 바로 친절이라고 말했습니다.

친절은 행실로도 나타나고 말로도 나타납니다. 행실로 나타나는 친절의 첫 번째 표징表徵은 웃음입니다. 친절한 사람은 언제나 얼굴에 웃음을 띠고 있습니다. 웃음은 사랑의 표현이요 기쁨의 표현입니다. 사랑과 기쁨 속에 사는 것이 행복입니다. 그래서 웃음을 흔히 '행복의 빛'이라고 합니다. 환하게 웃는 아이의 모습을 보는 부모의 마음만큼 행복한 것이 없고, 얼굴 가득 미소 짓고 있는 부모를 보는 아이의 마음만큼 기쁜 것이 없습니다. 어릴 때부터 잘 웃는 아이는 커서도 잘 웃습니다. 항상 얼굴에 미소를 띠고 사는 사람은 항상 행복한 사람입니다.

『기네스북』에 기록된 웃음의 세계 기록 보유자는 12세의 캐나다 소녀 리사 레스터 양입니다. 그는 마니토바 치과 협회가 주최한 웃기 마라톤에서 10시간 5분 동안이나 웃는 기록을 세웠다고 합니다. 리사는 "시합에 나가서 갑자기 웃을 수는 없습니다. 나는 평소에도 잘 웃고, 언제나 미소 띤 얼굴로 살려고 노력합니다"라고 기자들에게 말했다고 합니다.

가난한 노동자의 딸이었지만 그는 어릴 때부터 불행을 모르는, 언제나 행복한 사람으로 자랐습니다. 그의 행복은 그의 웃음이 만들어낸 승리의 훈장이었습니다.

"어린이에게 미소를 가르쳐라." 니체의 말입니다. 미소가 흐르는 얼굴은 자신 있어 보이며, 미소가 흐르는 표정은 용기 있어 보이기까지 합니다. 인도의 간디는 비록 몸은 왜소했을지라도 얼굴에는 항상 미소가 흘렀기 때문에 인도의 지도자로 존경을 받았습니다. 일찍이 도산 안창호 선생님도 우리 민족에게 미소가 필요함을 역설했습니다. 그는 화내지 않고 웃으면서 사는 민족이 강한 나라를 만든다며, 미소를 거듭 강조했습니다. 친절과 미소는 사람을 명품으로 만든다고 합니다. 그래서 웃음을 '천국 백성의 표정表情'이라고도 합니다.

스펄전이라는 목사는 신학생들에게 설교자의 표정에 대하여 강의하며 이렇게 말했습니다.
"희망에 대하여 말할 때는 위를 쳐다보아라. 은혜, 감사, 영광, 천국 등에 관하여 말할 때는 눈을 크게 뜨고 빛나는 눈동자를 보여라."
그러자 한 학생이 질문을 했습니다.
"지옥을 말할 때는 어떤 표정이 적당하겠습니까?"
목사는 서슴지 않고 대답했습니다.
"자네의 평소 표정이 적당하네."
이 대답은 우리들 대부분이 평소 천국 백성의 표정, 즉 행복의 빛을 못 가지고 있다는 지적이었습니다. 웃음을 잃어버린 사람만큼 불행한 사람은 없습니다.

꼭 좋은 일이 생겨서 웃는 것이 아닙니다. 웃으면 좋은 일이 생긴다고 합니다. 웃음이 우리의 마음을 바꾸어 주기 때문입니다. 항상 웃는 사람은 항상 기쁜 사람입니다. 기쁨은 감사하는 마음에서 일어납니다. 그래서 성경에서도 '범사에 감사하라'고 가르치고 있습니다. 범사란 말은 '어떤 경우에도'란 말입니다. 감사를 드릴 줄 아는 사람에게는 실패가 실패가 아니며, 절망이 절망이 아닙니다. 그에게는 그것들도 성공의 계기며 희망의 실마리로, 은혜요 축복일 수 있습니다. 그래서 감사는 가장 강력한 기도라고도 하는 것입니다. 범사에 감사할 줄 아는 사람은 누구에게나 친절합니다. 온화한 미소를 띠며 친절하게 대해 주는 사람을 보면 정다움을 느낍니다. 이처럼 정다움을 느끼게 하는 성품과 행위가 바로 온유함입니다.

친절의 또 다른 표징表徵은 말(언어)입니다. '말 한마디로 천 냥 빚을 갚는다'고 하지 않습니까? 성경에서도 "지혜로운 자의 혀는 양약과 같고(잠언 12장 18절)", "유순한 대답은 분노를 쉬게 한다(잠언 15장 1절)"고 한 반면에 "우매자의 입술들은 자기를 삼킨다(전도서 10장 12절)"고 경고하고 있습니다. 촌철살인寸鐵殺人이란 말도 있고, 정문일침頂門一鍼이란 말도 있습니다. 모두 말의 힘을 강조하는 말들입니다. 말에는 사람을 움직이는 힘이 있습니다. 그것은 사람의 운명과 환경까지 변화시킬 수 있는 무서운 힘입니다.

"말은 죽은 자를 무덤에서 불러낼 수도 있고, 산 자를 묻을 수도 있다. 말은 소인을 거인으로 만들 수도 있고, 거인을 철저히 두드려 없앨 수도 있다." 하인리히 하이네의 말입니다.

공자孔子도 "평생 선善을 쌓아도 한마디 말의 잘못으로 이를 깨뜨린다"고 경고하고 있습니다.

'말은 곧 사람이다'라는 말이 있습니다. 말이 그 사람의 사람됨을 나타낸다는 뜻입니다. 사람은 말을 통해 자신을 드러냅니다. 행복한 사람의 입에서는 행복한 말이 나오고, 불행한 사람의 입에서는 불행한 말이 나오는 법입니다. 말에는 밝은 말과 어두운 말이 있습니다. 밝은 말은 긍정의 말이고, 어두운 말은 부정의 말입니다. 그런데 사람의 속성은 긍정보다는 부정의 면이 더 강하다고 합니다. 우리 주위에는 부정적인 말이 너무나 많이 횡행하고 있습니다. '악화가 양화를 몰아낸다'는 소위 그레셤의 법칙이 말에도 적용되는 모양입니다.

부부 싸움이 잦은 어떤 집에서 기르는 앵무새가 사람 기척만 나면 "이년아!" 하고 소리를 질러서 주인을 퍽이나 난처하게 하곤 했습니다. 그런데 그곳 목사님 집에서 기르는 앵무새는 사람을 볼 때마다 "할렐루야!" 해서 방문객들을 즐겁게 했다고 합니다. 이를 부러워한, 부부 싸움이 잦은 집 안주인이 자기 집 앵무새를 목사님 집 앵무새 옆으로 옮겨 놓았습니다. "이년아!" 대신 "할렐루야!" 소리를 내게 하기 위해서였습니다. 그런데 며칠 후 목사님 집에 가 보았더니 목사님 앵무새가 사람 기척을 듣고 내는 소리가 "이년아!"였다고 합니다.

　부정적인 말은 사람을 부정적인 사람으로 만듭니다. 부정적인 사람이 경영하는 인생이 행복할 리가 없지 않습니까? 그런 삶은 하나님을 등진 삶입니다. 부정적인 말 뒤에는 언제나 상처가 남습니다. 이는 자신뿐 아니라 주위 사람까지도 불행하게 만듭니다. 말을 디자인하는 것은 인생을 디자인하는 것이라는 말이 있습니다. 우리가 디자인하는 우리의 인생이 행복해야 되지 않겠습니까? 그러려면 먼저 우리의 언어를 긍정적인 언어로 바꾸어야 합니다. 말을 바꾸면 인생이 바뀝니다. 말은 우리의 생각을 바꾸고 인생을 바꾸는 힘이 있기 때문입니다. 긍정적인 말의 대표적인 것이 친절한 말입니다. 친절한 말은 사랑이 담긴 말입니다. 사랑의 말은 행복의 씨앗이 되어 주위 사람까지도 다 행복하게 만듭니다. 그래서 이런 말을 '은혜(은총)'의 말이라고도 합니다.
　'덕분입니다', '신세 많이 졌습니다', '고맙습니다', '축하합니다', 이런 말이 다 은혜(은총)의 말입니다. 이런 말을 진정으로 누구에게나 할 수 있는 사람은 마음이 따뜻한 사람입니다. 은혜의 말 중에서 특히 하기 어려운 말이 칭찬하는 말입니다. 그러나 마음이 따뜻한 사람은 칭찬에 인색하지 않습니다. 은혜(은총)는 순환하고 재생한다고 합니다. 이런 말을 많이 하는 사람일수록 더 많은 은혜(은총)를 누리게 됩니다. '미소로 인사하고, 대화로 칭찬하라'를 좌우명座右銘으로 하여 이를 실천하며 살아가는 사람을 보았습니다. 그 사람에게서는 언제나 아름다운 향기가 느껴졌습니다. 옆에만 있어도 저절로 행복해지는 것 같았습니다. 온유溫柔의 전형典型을 보는 듯했습니다. 칭찬은 고래도 춤추게 한다고 하지 않습니까? 하물며 사람에게는 어떻겠습니까?

어렸을 때의 맥아더 장군은 말할 수 없는 개구쟁이였습니다. 골목 대장이 되어 아이들을 몰고 다니며, 말썽이란 말썽은 도맡아 피우는 사고뭉치였습니다. 사람들은 입을 모아 그의 장래를 걱정했습니다.

그러나 할머니는 달랐습니다. "너는 군인의 기질을 타고났어"라고 격려를 아끼지 않았습니다. 할머니의 이 격려의 말이 자신의 눈을 뜨게 했다고 맥아더는 고백했습니다. 그가 위대한 군인이 될 수 있었던 것은 할머니의 칭찬의 말 덕분이었습니다. 칭찬 한마디가 얼마든지 사람의 일생을 바꾸어 놓을 수 있습니다.

"무릇 더러운 말은 너희 입 밖에도 내지 말고 오직 덕을 세우는 데 소용되는 대로 선한 말을 하여 듣는 자들에게 은혜를 끼치게 하라(에베소서 4장 29절)" 성경 말씀입니다.

'말이 씨가 된다'고들 합니다. 말대로 된다는 뜻일 것입니다. 행복하다고 말하면 정말 행복해집니다. 아름답다고 말하면 정말 아름다워집니다. 이것이 말의 권세고 능력입니다.

행복하다고 말하는 동안은

나도 정말 행복한 사람이 되어

마음에 맑은 샘이 흐르고

고맙다고 말하는 동안은

고마운 마음 새로이 솟아올라

내 마음도 더욱 순해지고

아름답다고 말하는 동안은

나도 잠시 아름다운 사람이 되어

마음 한 자락이 환해지고

좋은 말이 나를 키우는 걸

나는 말하면서

다시 알지

(이해인, 「나를 키우는 말」)

　말 중에 가장 경계해야 할 말은 비교하는 말입니다. '엄친아(엄마 친구의 아들)'란 말이 유행하는데, 이런 비교는 어린아이에게도 상처가 됩니다. 한마디 말이 상처가 되어 평생을 원수로 지내는 사람이 얼마든지 있습니다.

무시당하는 말은 바보라도 알아듣습니다. 남의 약점은 농담으로라도 들추어서는 안 됩니다. 농담이라고 해서 다 용서되는 것은 아닙니다. 따지기를 좋아하는 것도 온유치 못한 성품입니다. 세상에 따져서 이기는 일은 없습니다. 상처만 남을 뿐입니다. 사랑이라는 이름으로도 잔소리는 용서되지 않는 법입니다.

다음은 성경 말씀을 믿는 사람이 쓴 영시의 일부입니다.

"노여운 말 한마디가 친절한 마음을 상하게 만들고, 한마디 날카로운 책망이 아픈 눈물을 흐르게 만들고, 부지중에 나온 실언이 앞날을 캄캄하게 만들고 찌르는 가시를 일평생 남겼도다. 그러나 친절한 말 한마디가 슬펐던 마음에 광명을 주고, 동정의 말 한마디가 한 영혼을 살려 놓고, 기쁨의 말 한마디가 캄캄하던 앞길을 광명하게 만들고……"

사랑과 시기

사랑은 죽음같이 강하고 시기는 스올같이 잔인하며 불같이 일어나니
그 기세가 여호와의 불과 같으니라(아가 8장 6절)

.
.
.

사랑은 시기하지 아니하며(고린도전서 13장 4절)

　시기猜忌는 시새움하는 것을 일컫는 말입니다. 질투嫉妬라고도 하고, 투기妬忌라고도 합니다. 우리말 뉘앙스는 조금씩 달라도 그 마음자리는 별로 다르지 않습니다. '시기猜忌'라는 뜻의 그리스어 '젤로테스'는 '질투, 투기'라고 번역되기도 합니다.

　시기심은 나에게 맞지 않는 것을 부러워하는 마음에서 생깁니다. '남이 가지는 것을 나는 왜 가지지 못하는가?' 하는 부러움은 '나가 가지지 못하는 것을 왜 남들이 가져야 하는가?' 라는 시기심으로 변하기 마련입니다. 이것이 나아가서 '나만 가지고 싶은데 왜 남도 가지느냐' 하는 심술로도 나타납니다. 이런 것도 시기입니다. 그리고 이 시기심이 남이 잘못되기를 바라는 그릇된 경쟁의식을 낳게 되는

것입니다. 그래서 토마스 아퀴나스는 '시기란 다른 사람이 잘되는 것을 슬퍼하는 것'이라고 단정 짓고 있습니다. 이 잘못된 경쟁의식이 결국은 "네 이웃을 네 자신같이 사랑하라"는 하나님의 명령을 거역하는 죄의 산실이 되고, 인간관계를 파괴하는 주범이 되는 것입니다. 시기심의 바탕이 미움이기 때문입니다. 바리새인들이 예수님을 십자가에 못 박은 것이나, 카인이 아벨을 죽인 것이나, 사라가 잉태한 하갈을 학대한 것이나, 사울이 다윗을 죽이기 위해 혈안이 되었던 것이나 다 시기와 미움 때문이었음을 우리는 잘 알고 있습니다.

현대를 흔히 생존경쟁生存競爭의 시대라고 하고, 약육강식弱肉强食의 시대라고도 합니다. 그러나 약육강식은 동물들의 생존 방식이지, 사람의 생활 방식은 아닙니다. 동물들은 약한 것을 잡아먹고 살지만, 사람은 약한 자와 더불어 사는 것이기 때문입니다. 하나님이 가르쳐 주시는 경쟁이란 남을 딛고 일어서는 것이 아니라, 남과 손잡고 자신을 키워 가는 것을 말합니다. 우리의 경쟁이 동물의 그것을 닮아서야 되겠습니까?

동물의 경쟁의식을 닮으면 그것이 시기심의 씨앗이 되고, 하나님이 가르쳐 주시는 경쟁을 따르면 그것은 행복을 키우는 에너지가 됩니다. 하나님의 말씀대로 우리는 모두 '그리스도 안에서 한 몸이 되어 서로 지체가 되기' 때문입니다. 하나님은 바울의 입을 빌려 우리에게 "헛된 영광을 구하여 서로 노엽게 하거나 서로 투기하지 말지니라(갈라디아서 5장 26절)"고 가르치고 계십니다. 잘못된 경쟁의식에 빠지지 말라고 경고하신 것입니다.

우리 인간이 쉽사리 이런 잘못된 경쟁의식의 포로가 되는 것은 경쟁을 남과 견주면서 자신을 키워 가는 것이 아니라, 남을 딛고 일어서는 다툼이라고 생각하기 때문입니다. 성경에도 "시기와 다툼이 있는 곳에는 혼란과 모든 악한 일이 있음이라(야고보서 3장 16절)"고 가르치고 있습니다. 우리가 사촌이 땅을 사면 배가 아픈 사람들이 되어서야 되겠습니까?

결국 시기는 사랑해야 할 대상을 경쟁의 대상, 비교의 대상으로 인식하기 때문에 일어나는 것입니다. 그러니까 시기심이란 상대방을 긍정적으로 인식하지 않는 마음이며, 상대방의 모든 것을 부정하는 마음입니다. 그래서 시기는 죄를 낳고 비극의 원인을 만드는 것입니다. 시기가 죄를 낳는 것은 그것이 인간의 죄성罪性과 결부되어 있는 본성적인 특성이기 때문입니다. 카인의 시기가 아벨을 죽였고, 그것이 결국 죄의 뿌리가 되었습니다. 그래서 시기는 인류와 함께 있어 왔고, 시기와 함께 죄가 있어 온 것입니다.

인간이 저지르는 죄와 비극의 대부분의 원인이 시기에 있습니다. 시기는 그 기세가 거세고 잔인합니다. 시기의 결과가 주로 비극으로 나타나는 이유도 이 잔인성 때문입니다. 성경에서도 "시기(질투)는 스올(음부)같이 잔인하며 불같이 일어난다(아가 8장 6절)"고 지적하고 있습니다. 인간의 비극을 다룬 대부분의 문학작품은 시기(질투)가 그 원인이 되어 있습니다. 셰익스피어의 『오셀로』, 『맥베스』, 도스

토옙스키의 『까라마조프 씨네 형제들』, 김동인의 「배따라기」, 「감자」, 김만중의 『사씨남정기』 등 이루 헤아릴 수가 없습니다.

또 다른 각도에서 보면 시기는 자신을 부정적으로 인식하는 열등의식에서 일어납니다. 자신의 부족한 면만 보는 사람은 쉽게 시기의 포로가 됩니다. 자신을 긍정적으로 바라보면 시기가 자리할 곳이 없습니다. 시기는 자신이 남보다 못하다는 생각에서 나오기 때문입니다. 자신을 긍정적으로 바라보는 것은 나에 대한 사랑인 동시에 이웃에 대한 사랑이기도 합니다. 그러므로 시기심의 포로가 되는 사람은 사랑이 부족한 사람입니다.

자신의 부족한 면만을 보는 사람은 자신을 부정적인 사람으로 만듭니다. 부정적인 사람은 자신이 스스로 마음속에 지옥을 만드는 사람입니다. 긍정적인 사람은 자신의 부족한 면이 부족한 면이 아니라, 하나님이 주신 은혜요 축복이라고 생각합니다. 스스로 자기 안에 천국을 만드는 사람입니다.

고대 그리스로부터 전해 오는 이야기입니다. 자신이 세상에서 제일 빠르다고 자부하던 어떤 마라톤 선수가 경주에서 1등을 빼앗기고 2등으로 들어왔습니다. 그는 죽을힘을 다하여 결승선에 섰으나, 군중은 그가 아닌 우승자에게만 환호를 보냈습니다. 승자를 위하여 축사가 진행되는 동안 그는 다른 등외 선수들과 함께 그냥 서 있어야 했습니다. 집으로 돌아가는 그의 귀에는 승자의 이름밖에 들리지 않앉습니다.

며칠 후 시내 한복판에 우승자를 기리는 거대한 석상이 세워졌습니다. 2등 선수는 매일같이 그 석상을 보며 자신이 패자임을 확인해야 했습니다. 그는 차츰 시기의 포로가 되어 아무 일도 할 수 없었습니다. 언젠가부터 그는 밤이 되면 몰래 석상의 밑부분을 조금씩 끌로 파내기 시작했습니다. 그러던 어느 날 밤 그가 평소처럼 석상 한 조각을 파내는 순간, 그 육중한 석상이 큰 소리로 갈라지며 앞으로 쓰러지면서 그 사람을 덮치고 말았습니다. 그는 물론 그 자리에서 즉사했습니다.

그러나 그는 결코 석상이 무너진 순간에 죽은 것이 아닙니다. 그간 조금씩 서서히 죽어 가고 있었던 것입니다. 그의 영혼을 짓누르는 질투의 무게가 하루하루 그를 죽여 가고 있었다고 해야 옳을 것입니다. 시기는 자랑스러운 일급 선수였던 그의 영혼을 끌어나 들고 타인의 행복을 벗겨 내는 옹졸한 사람으로 바꿔 놓았습니다.

이상은 어느 목사님의 설교 내용을 요약한 것입니다. 시기(질투)의 치명적 독이란 원래 이런 것입니다.

우리가 시기하는 자가 되지 않으려면 비교하지 말아야 합니다. 비교는 잘못된 경쟁의식의 뿌리가 되기 때문입니다. 그래서 그것을 악의 뿌리라고 말하는 사람도 있습니다. 하나님께서도 비교하는 것을 미련하고 어리석은 짓이라고 하셨습니다. 하나님은 우리에게 각각 자신에게 알맞은 능력을 주셨습니다. 그래서 남이 나보다 잘하는 분야가 있고, 내가 남보다 잘하는 분야가 있기 마련입니다. 남이 나보다 잘하는 모습을 보며 비교하면 자신에 대해 실망하게 됩니다. 내가 남보다 잘하는 모습을 보며 비교하면 교만하게 됩니다. 그러므로 남과 비교해서 나를 판단하지 말아야 합니다. 남의 아이와 비교하여 내 아이를 평가하지 말아야 합니다. 공부 잘하는 학생이 있는가 하면, 운동 잘하는 학생도 있는 법입니다. 이것은 능력의 영역이 다른 것이므로 비교의 대상이 아닙니다. 능력은 하나님께서 주신 달란트입니다. 비교가 잘못된 경쟁의식의 원인이 되는 것은 하나님이 내게 맡기신 일을 하는 대신 나의 눈길을 다른 사람이 무엇을 하느냐에 두기 때문입니다. 우리에게 필요한 것은 하나님이 나에게 주신 능력에 따라 최선을 다하는 일이지, 비교하여 자신을 저울질하는 일이 아닙니다. 최선을 다하는 것이 우리의 자랑할 일이라면, 비교하여 자신을 저울질하는 일은 자신을 시기심의 노예로 만드는 지름길이 됩니다. 바울도 갈라디아서에서 "각각 자기의 일을 살피라 그리하면 자랑할 것이 자기에게만 있고 남에게는 있지 아니하리니(6장 4절)"라고 가르치고 있습니다.

이런 시기심을 잠재울 수 있는 것은 오로지 사랑뿐입니다. 그러므로 '시기하지 아니하는 것'이 사랑의 중요한 속성이 되는 것입니다.

사랑과 자랑

너희의 자랑하는 것이 옳지 아니하도다
적은 누룩이 온 덩어리에 퍼지는 것을 알지 못하느냐(고린도전서 5장 6절)

●
●
●

사랑은 자랑하지 아니하며(고린도전서 13장 4절)

사랑은 자기를 지우는 것인데 자랑은 자기를 내세우는 것이므로 자랑하는 사람은 남을 사랑할 줄 모르는 사람입니다. 사랑은 겸손한 마음에서 우러나오는 것인데 자랑은 교만의 한 표현으로 자기를 내세우고자 하는 행동이기 때문에 자랑하는 사람은 남을 사랑할 수 없는 사람입니다. 더구나 자랑하기 좋아하는 사람은 '서로 사랑하라'는 하나님의 계명을 어기는 사람으로, 하나님과의 관계가 단절된 사람이라 할 수 있습니다. 그러므로 바울 사도의 말대로 자랑하는 것은 지극히 옳지 아니한 마음이요 행동입니다.

자랑에는 보여 주는 자랑이 있고, 들려주는 자랑이 있습니다. 자랑은 '무엇을', '어떻게' 자랑하느냐에 따라서 그런대로 해도 되는 자랑이 있고, 해서는 안 되는 자랑이 있고, 반드시 해야 하는 자랑이 있습니다.

1. 해도 되는 자랑

자기의 재주와 능력을 대중 앞에 공개적으로 드러내 보이는 자랑이 있습니다. 장기자랑, 노래자랑 같은 것이 그것입니다. 대개의 경우 그것은 자랑하라고 펼쳐 놓은 판에서 하는 자랑입니다. 이때의 자랑은 크게 드러날수록 좋습니다. 이 자랑을 통해 재주를 공인받아 자신의 삶의 노선을 결정하거나 변경하는 경우가 적지 않습니다. 이런 자랑을 통해 크게 성취한 사람의 예를 우리는 많이 알고 있습니다. 노래자랑을 통해 유명 가수가 된 사람도 있고, 장기자랑을 통해 유명 연기자로 출세한 사람도 있습니다.

평범한 휴대전화 판매원이었던 폴 포츠(Paul Potts)라는 사람이 영국의 '전국노래자랑'이라 할 수 있는 브리튼즈 갓 탤런트(Britain's Got Talent) 무대에 나가 푸치니의 오페라 「투란도트」 중 「공주는 잠 못 이루고」를 불러 큰 반향을 일으킨 것이 계기가 되어, 일약 세계적인 오페라 가수가 된 것은 널리 알려진 사실입니다.

자랑은 치켜세우는 것입니다. 남을 치켜세우면 칭찬이 되는데, 나를 치켜세우면 자랑이 됩니다. 칭찬은 상대를 기쁘게 하지만, 자기를 치켜세우는 자기 자랑은 자칫하면 시빗거리가 되거나 웃음거리가 됩니다. '자랑 끝에 불붙는다(너무 자랑하면 그 끝에 말썽거리가 생긴다'는 속담은 이를 경계한 것입니다. 그러나 적당한 자기 자랑은 자기를 알리는 좋은 방법이 될 수도 있습니다. 현대는 자기 PR 시대라고 하지 않습니까? 도가 지나치지만 않으면, 의도가 불순하지만 않으면 그것은 자기 정보나 재능을 널리 알리고 나눈다는 점에서 국가나 사회를 위하여 도움이 될 수도 있습니다. 꼭 나쁘다고 할 수만은 없을 것입니다.

그리고 자랑이 사랑의 한 표현인 경우도 있습니다. 자식 자랑, 손자 자랑, 남편 자랑, 아내 자랑 등이 그런 종류의 자랑입니다. 이런 자랑은 자랑이라기보다 자신의 행복을 스스로 확인하는 심리의 표현일 수도 있습니다. 악의가 숨어 있지 않은 한 특별히 나무랄 일은 아니라고 생각합니다.

2. 해서는 안 되는 자랑

자신의 못난 점, 부족한 점을 가리려고 사실과 다르게 포장하여 하는 자랑이 있습니다. 성경에서는 이런 자랑을 '허탄한 자랑'이라고 했습니다. "이제도 너희가 허탄한 자랑을 하니 그러한 자랑은 다 악한 것이라(야고보서 4장 16절)" 이런 자랑은 앉은뱅이 키 자랑하는 것 같은 위선에 찬 자기 위장에 지나지 않습니다. '허탄하다'는 말은 '무가치하다' 또는 '거짓되고 미덥지 않다'는 뜻을 가진 말입니다. 우리가 하는 자랑이란 본래가 다 허탄한 것입니다. 자랑이란 자신을 돋보이게 하려고 하는 것이기 때문에 자연 사실보다 과장하여 나타내는 것이 보통입니다. 그러나 자랑이 정도를 넘으면 허풍이 되고 허세가 됩니다. 자랑이 정도를 넘는다는 것은 진정眞正을 잃는다는 뜻이기 때문입니다. 진정을 잃으면 오로지 빼기기 위한 자랑, 뽐내기 위한 자랑으로 자신을 허풍쟁이 위선자로 만들 뿐입니다. 바울 사도는 이를 경계하여, '분수 이상의 자랑은 하지 말라'고 경계하고 있습니다.

"우리는 분수 이상의 자랑을 하지 않고 오직 하나님이 우리에게 나누어 주신 범위의 한계를 따라 하노니(고린도후서 10장 13절)"

허탄한 자랑은 거의가 분수 이상의 자랑입니다. 사람이 헛된 공명심에 사로잡히면 이런 유혹에 빠지기 쉽습니다.

허탄한 자랑 중에 대표적인 것이 소유를 자랑하는 것입니다. 소유는 세상이나 세상에 속한 것들입니다. 따라서 이런 자랑은 주님보다 세상이나 세상에 있는 것들을 더 사랑하는 마음에서 나온 것입니다. 하나님께서는 이런 자랑을 해서는 안 된다고 엄히 명령하고 계십니다.

"이 세상이나 세상에 있는 것들을 사랑하지 말라 누구든지 세상을 사랑하면 아버지의 사랑이 그 안에 있지 아니하니. 이는 세상에 있는 모든 것이 육신의 정욕과 안목의 정욕과 이생의 자랑이니 다 아버지께로부터 온 것이 아니요 세상으로부터 온 것이라(요한일서 2장 15～16절)"

세상에서 제일 큰 집을 갖기로 작정한 한 마리의 달팽이가 집을 크게 만드는 법을 알아내었습니다. 그 달팽이는 아름답고 큰 집을 만든 후 알록달록하게 색칠까지 하고는 그것을 자랑하며 행복해했습니다. 세월이 지나 그 달팽이가 살던 양배추에는 먹을 것이 없게 되어 이사를 해야 했습니다. 그러나 달팽이는 집이 너무 크고 무거워서 움직일 수가 없었습니다. 크고 아름다운 집을 지었던 달팽이는 소유로 인해 자유를 잃고 마침내는 목숨까지도 잃었습니다. 소유란 그 자체가 허탄한 것입니다. 그런데 하물며 소유를 자랑하는 것이겠습니까?

특히 성경은 재물을 지적하여 하나님과 재물을 겸하여 섬길 수 없다고 했습니다. 재물을 자랑하는 자는 재물을 우상으로 섬기는 자입니다.

"한 사람이 두 주인을 섬기지 못할 것이니 혹 이를 미워하고 저를 사랑하거나 혹 이를 중히 여기고 저를 경히 여김이라 너희가 하나님과 재물을 겸하여 섬기지 못하느니라(마태복음 6장 24절)"

재물을 우상으로 섬긴다는 말은 재물의 노예가 된다는 말입니다. 세상에서 노예를 가장 많이 거느리고 있는 것이 돈이랍니다. 성경에서는 돈을 '악의 뿌리'라고 말하고 있습니다.

"두 개의 사랑이 두 가지의 나라를 이룬다. 하나님을 멸시하는 자기애自己愛가 지상의 나라를 세우고, 자기를 낮추는 신에의 사랑이 천국을 세운다. 전자는 자기를 뽐내고 후자는 주의 이름으로 자랑한다." 아우구스티누스의 말입니다.

좀 좋은 일을 했다 싶으면 생색부터 내려는 사람이 있습니다. 생색 내는 것은 공치사하는 것입니다. 남에게 무엇을 베푼 후에 그것을 드러내 보이려고 공치사하는 것은 "너는 구제할 때에 오른손이 하는 것을 왼손이 모르게 하라(마태복음 6장 3절)"는 주님의 뜻을 어기는 것입니다. 공자도 "군자는 착한 일을 남에게 자랑하지 않고, 힘든 일을 남에게 강요하지 않는다"고 했습니다.

춘추전국시대에 노나라에 맹지반孟之反이란 사람이 있었습니다. 싸움터에서는 늘 앞장서서 달렸지만, 퇴각할 때는 언제나 뒤처져 갔습니다. '달아날 때 재빨라야 목숨을 건진다'는 것을 알면서도 그는 패전의 뒤처리를 하면서 동료들을 위하여 늑장을 부렸던 것입니다. 성문에 들어올 즈음에야 그의 말에 채찍질하면서 "내가 일부러 뒤에 처진 것이 아니라, 내 말이 그간 계속된 전투로 몹시 지친 나머지 앞으로 나아가지 못했기 때문이다不伐 非敢後也 馬不進也"라고 하였습니다. 그는 목숨을 걸고 한 선행도 이렇게 숨겼습니다. 겸손을 잃은 자랑은 자신이 소인임을 스스로 드러내는 것입니다.

공자도 "군자는 태연하되 교만하지 않고, 소인은 교만하되 태연하지 않다"고 했습니다.

자랑이 상대에게 상처가 되는 경우가 많습니다. 상대의 수준이나 관심에 맞지 않는 것을 자랑할 때가 특히 그렇습니다.

자식 없는 사람 앞에서 자식 자랑하거나, 가난한 사람 앞에서 돈

자랑하는 것 등이 그렇습니다. 내 자랑이 상대에게 상처를 준다면 그것은 자랑이 아니라 악행입니다.

볼테르가 스위스 국경 지경에 와서 최초로 지은 것이 성당이고, 그 다음이 극장이었답니다. 그리고 그는 한 사람에게 이렇게 말했습니다. "신앙심이 깊은 사람에게는 내가 성당을 지었다고 말하고, 예술을 사랑하는 사람을 만나면 내가 극장을 지었다고 말해 주시오."

사랑은 기쁨도 슬픔도 함께하는 것입니다.

"즐거워하는 자들과 함께 즐거워하고, 우는 자들과 함께 울라(로마서 12장 15절)" 성경 말씀입니다.

성경은 또 '내일 일을 자랑하지 말라'고 했습니다.

"너는 내일 일을 자랑하지 말라 하루 동안에 무슨 일이 날는지 네가 알 수 없음이니라(잠언 27장 1절)"

이는 현재 일이 뜻대로 잘되었다고 자만심에 빠지지 말라고 경고한 것입니다. 자기 계획이나 능력을 너무 신뢰하지 말고 범사를 주께 맡기라는 말씀입니다.

마찬가지로 성경은 또 "지혜로운 자는 그 지혜를 자랑하지 말고, 용사는 그 용맹을 자랑하지 말고, 부자는 그 부함을 자랑하지 말라(예레미야 9장 23절)"고 했습니다.

이는 인간의 어떤 외적 조건도 자랑의 조건이 아니라는 뜻입니다. 사람이 마음으로 자기 길을 계획할지라도 그 걸음을 인도하시는 분은 하나님이시기 때문입니다.

"사람이 마음으로 자기의 길을 계획할지라도 그 걸음을 인도하는 이는 여호와시니라(잠언 16장 9절)"

3. 반드시 해야 하는 자랑

우리 성도들이 해야 하는 자랑은 주 안에서 하는 자랑입니다.

"자랑하는 자는 주 안에서 자랑할지니라(고린도후서 10장 17절)"

우리는 하나님께로부터 나서 그리스도 예수 안에 있습니다. 우리는 그리스도의 죽음과 부활에 동참함으로써 하나님께서 그리스도를 통해 약속하신 모든 축복에 참여하는 은혜를 입게 되었습니다. 예수 그리스도께서는 십자가에 못 박혀 죽으심으로써 우리를 모든 죄에서 깨끗하게 하시어, 의롭고 거룩하고 지혜롭게 해 주셨습니다. 그러므로 성경 말씀처럼 우리 성도들이 해야 하는 자랑은 오직 주 안에서의 자랑이라야 하는 것입니다.

"너희는 하나님으로부터 나서 그리스도 예수 안에 있고, 예수는 하나님으로부터 나와서 우리에게 지혜와 의로움과 거룩함과 구원함이 되셨으니 기록된 바 자랑하는 자는 주 안에서 자랑하라 함과 같게 하려 함이라(고린도전서 1장 30~31절)"

순교자 로버트 스미스(Robert Smith)는 자기 아내에게 쓴 편지에 "당신 자신에게 원수 되어라"고 했답니다. 이는 자기 자랑은 하지 말라는 간곡한 당부가 아니겠습니까?

주 안에서 자랑한다면 무엇을 자랑해야 하는지 성경 말씀을 통해 살펴보겠습니다.

① 하나님의 이름을 자랑함

|시편 20편 7절| 어떤 사람은 병거, 어떤 사람은 말을 의지하나 우리는 여호와 우리 하나님의 이름을 자랑하리로다

|시편 105편 3절| 그의 거룩한 이름을 자랑하라 여호와를 구하는 자들은 마음이 즐거울지로다

② 하나님의 선하신 일을 자랑함

|로마서 15장 17절| 그러므로 내가 그리스도 예수 안에서 하나님의 일에 대하여 자랑하는 것이 있거니와

③ 주님이 주신 권세를 자랑함

|고린도후서 10장 8절| 주께서 주신 권세는 너희를 파하려고 하신 것이 아니요 세우려고 하신 것이니 내가 이에 대하여 지나치게 자랑하여도 부끄럽지 아니하리라

④ 주님의 십자가를 자랑함

|갈라디아서 6장 14절| 그러나 내게는 우리 주 예수 그리스도의 십자가 외에 결코 자랑할 것이 없으니 그리스도로 말미암아 세상이 나를 대하여 십자가에 못 박히고 내가 또한 세상을 대하여 그러하니라

⑤ 하나님과 그분의 성품을 자랑함

|예레미야 9장 24절| 자랑하는 자는 이것으로 자랑할지니 곧 명철하여 나를 아는 것과 나 여호와는 사랑과 정의와 공의를 땅에 행하는 자인 줄 깨닫는 것이라 나는 이 일을 기뻐하노라 여호와의 말씀이니라

⑥ 자신의 약함을 자랑함

|고린도후서 11장 30절 | 내가 부득불 자랑할진대 나의 약한 것을 자
랑하리라

|고린도후서 12장 9절 | 나에게 이르시기를 내 은혜가 네게 족하도다
이는 내 능력이 약한 데서 온전하여짐이라 하신지라 그러므로 도리
어 크게 기뻐함으로 나의 여러 약한 것들에 대하여 자랑하리니 이는
그리스도의 능력으로 내게 머물게 하려 함이라

많은 성도가 자신의 삶 속에서 살아 계신 하나님을 만나고 체험한
일을 간증합니다. 하나님께서는 "나를 사랑하는 자들이 나의 사랑을
입으며 나를 간절히 찾는 자가 나를 만날 것이니라(잠언 8장 17절)"고
말씀하셨습니다. 많은 성도가 이 말씀대로 하나님을 사랑하는 행함
과 하나님을 간절히 찾는 행함을 보였을 때 질병을 치료해 주시고,
물질의 축복을 주시며, 화평한 가정을 이루어 주신 하나님을 증언합
니다. 이 간증이 바로 주 안에서 하는 자랑에 속합니다.

그런데 이러한 주 안에서의 자랑이 자칫하면 주님께 영광을 돌리
는 것보다는 자기를 드러내고 내세우는 자기 자랑으로 변질되는 경
우가 있습니다. 이는 간증이 그 순수성을 잃었기 때문에 나타나는 현
상입니다. 간증의 순수성은 오로지 감사와 겸손일 뿐입니다.

사랑과 교만

사람이 교만하면 낮아지게 되겠고
마음이 겸손하면 영예를 얻으리라(잠언 29장 23절)

●
●
●

사랑은 교만하지 아니하며(고린도전서 13장 4절)

　교만驕慢은 오만傲慢, 거만倨慢과 동의어입니다. 자기 스스로가 잘난 체하며 겸손하지 않고, 뽐내며 방자히 행하는 것을 말합니다. 다시 말하면 자기 능력을 과시하며 자기를 최고로 자랑하는 행위가 교만입니다. 성경에서는 교만을 하나님의 은혜와 도움을 부인하는 최고의 범죄 행위로 간주하고 있습니다.

　사람이 자기 자랑에 사로잡히면 저절로 자만에 빠지게 됩니다. 자만이 다름 아닌 교만입니다. 그래서 흔히들 '자랑은 교만의 열매요, 교만은 자랑의 뿌리'라고 하는 것이 아니겠습니까? 교만한 자는 자신의 마음의 문을 닫고 그 마음에 진리나 이웃을 받아들이지 않는 자입니다. 대개 큰 과오나 실패의 밑바닥에는 교만이 도사리고 있기 마련입니다. 그래서 잠언에서도 "교만은 패망의 선봉이요 거만한 마음은 넘어짐의 앞잡이니라(16장 18절)"고 경고하고 있는 것입니다.

1912년 4월, 영국의 초호화 여객선 타이태닉호가 북대서양에서 빙산과 충돌하여 탑승객 2천 2백여 명 중 무려 1천 5백여 명이 사망한 세계 최대의 해난 사고가 일어났었습니다. '세계 최고'를 자랑하며 첫 출항을 했던 이 배의 선장은 "하나님이라도 이 배를 어떻게 할 수 없을 것"이라고 큰소리를 쳤습니다. 사고 해역에 이르기 전 '사고 가능성'에 대한 무선 연락이 있었으나, 이런 선장의 큰소리에 현혹된 담당자는 이를 무시해 버렸습니다. 결국 이들의 교만이 이런 참사를 빚어냈던 것입니다. 이 사실은 영화로도 제작되어 너무나도 유명해진 사건입니다.

교만한 자의 특징은 남을 비난하고 남의 허물 들추기를 좋아한다는 것입니다. 톨스토이도 "교만한 자는 언제나 남을 비난하고 남의 허물만을 살핀다"고 하여, 이를 명확히 지적하고 있습니다. 성경은 이를 좀 더 강경하게 표현했습니다. "교만한 자가 나를 해하려고 올무와 줄을 놓으며 길 곁에 그물을 치며 함정을 두었나이다(시편 140편 5절)"

젊은 시절의 소크라테스는 자신의 지식으로 인해 꽤 자만에 빠져 있었습니다. 아무 데서나 철학 지식을 자랑하고, 그것을 모르는 사람의 무식을 헐뜯고 비난했습니다. 한번은 나루에서 사공에게 "그대는 철학을 아느뇨? 철학을 알아야 사람이지." 하며 으스댔습니다. 화가 난 사공은 얼마간 배를 저어 가다가 배를 뒤집어 버렸습니다. 물에 빠져 허우적대는 소크라테스를 보고 사공은 천천히 조롱하듯 말했습니다.

"그대는 수영을 아느뇨? 수영을 알아야 사람이지."

그 일에 크게 깨달은 소크라테스는 "너 자신을 알라"는 유명한 말을 남겼다고 합니다.

물론 이것은 사실이 아닐 것입니다. 남 헐뜯기를 좋아하는 교만을 경계하기 위해 만들어 낸 이야기일 것입니다.

교만은 자기밖에 영광을 받을 자가 없다고 생각하는 무식에서 나온다고 설파한 사람이 있습니다. 교만은 안하무인眼下無人의 무식이며, 피아彼我를 오인誤認한 데서 생기는 무식이라고까지 말합니다.

"교만은 자기가 남보다 우월하다고 생각하는 잘못된 견해에서 생기는 기쁨이다." 스피노자가 일깨워 준 말입니다. 따라서 교만한 가슴에는 어떤 사랑도 싹트지 않습니다. 그래서 교만한 자의 시각은 대체로 부정적입니다. 대상을 부정적으로 본다는 것은 결국 자신을 부정적인 인물로 만든다는 것이 아니겠습니까? 부정적인 인간이 다다르는 곳은 실패의 길이요 패망의 늪일 뿐입니다.

몇 해 전 어느 유명한 신발 회사에서 아프리카로 판매 사원을 보내어 그곳의 신발 판매 가능성 여부를 조사했던 적이 있었습니다. 처음으로 파견된 판매 사원이 가 보니 놀랍게도 그 부족 사람들은 아무도 신발을 신지 않은 채 맨발로 생활하고 있었습니다. 이것을 본 그는 즉시 본사로 연락했습니다. "구두 판매 계획 취소 요망. 이 부족은 전혀 신발을 신고 있지 않으며, 구두를 판매하는 상점도 전혀 없음." 그 후에 회사에서는 다른 판매 사원을 그곳에 보냈습니다. 그는 그곳의 형편을 살핀 후 다음과 같은 전보를 보냈습니다. "구두 판매 계획 절실히 요망. 이 부족은 아무도 신발을 신고 있지 않으므로 얼마든지 신발을 팔 수 있으며, 구두 상점 또한 얼마든지 세울 수 있음." 두 사람 모두 동일한 상황을 보았습니다. 그러나 한 사람은 부정적이고 절망적인 시각으로, 또 다른 한 사람은 긍정적이고 생산적인 시각으로 보았던 것입니다. 신발 회사는 이 두 번째 판매 사원의 의견을 받아들여 그곳에 신발 공장을 세워 크게 수익을 올렸다고 합니다.

가나안 정탐을 나갔던 각 지파를 대표하는 정탐원 중 갈렙과 여호수아를 제외한 나머지 열 명의 부정적인 정탐 보고가 이스라엘 민족으로 하여금 40년을 광야에서 방황하게 했었습니다. 그들은 하나님의 말씀조차 믿지 못하는 부정적인 안목의 소유자들이었습니다. 하나님은 이를 두고 "나의 삶을 가리켜 맹세하노라 너희 말이 내 귀에 들린 대로 내가 너희에게 행하리니(민수기 14장 28절)" 하시며, 이에 동조한 백성들을 철저히 응징하셨던 것입니다.

하나님은 교만한 자를 용서하지 않으시며 철저히 낮추시겠다고 말씀하셨습니다.

"자기의 이웃을 은근히 헐뜯는 자를 내가 멸할 것이요 눈이 높고 마음이 교만한 자를 내가 용납하지 아니하리로다(시편 101편 5절)"

"내가 세상의 악과 악인의 죄를 벌하며 교만한 자의 오만을 끊으며 강포한 자의 거만을 낮출 것이며(이사야서 13장 11절)"

이 얼마나 엄중한 경고입니까?

나폴레옹이 유럽을 정복한 후 그 기세를 몰아 러시아까지 진격해 들어가려고 했을 때의 일입니다. 출정 전날 그는 한 귀족 부인에게 승전의 확신을 갖고 자신의 계획을 자세히 설명했습니다. 듣고 있던 부인은 "계획은 인간이 하지만, 이루시는 분은 하나님이십니다"라고 조용히 말했습니다. 그러자 나폴레옹 황제는 껄껄 웃으며 "부인, 모든 것은 내가 계획하고 내가 이룰 것입니다"라고 거만하게 말하는 것이었습니다. 그러나 몇 달 후 나폴레옹은 전쟁에서 대패하고 황위에서 쫓겨나 엘바 섬에 유배되고 말았습니다.

천하의 나폴레옹도 결국 하나님의 진노를 피하지 못했습니다. 하나님은 멀리서도 교만한 자를 아시고 낮추시고 멸하십니다.

"여호와께서 높이 계셔도 낮은 자를 하감하시며 멀리서도 교만한 자를 아시나이다" 시편 138편 6절에 나오는 말씀입니다.

교만한 자는 자만심의 노예가 되어 헛되이 뻐기면서도 언제나 실패를 달고 다닙니다. 교만한 자의 자랑에 감탄하고, 그런 자를 존경하는 자는 바보나 기생적인 인간들뿐입니다. '맛없는 국이 뜨겁기만 하다'든지 '못된 송아지 엉덩이에 뿔이 난다'든지 하는 우리 속담들은 이런 이치를 일깨워 준 내용들입니다.

사랑과 예의

무례하고 교만한 자를 이름하여 망령된 자라 하나니
이는 넘치는 교만으로 행함이니라(잠언 21장 24절)

●
●
●

사랑은 무례히 행하지 아니하며(고린도전서 13장 5절)

　'무례하다'는 말은 '예의가 없다'는 뜻입니다. 윗사람이 아랫사람에 대해서는 흔히 '버릇없다', '발칙하다' 등의 말로도 표현됩니다.

　예의禮儀란 사회질서를 유지하기 위하여 사람으로서 마땅히 지켜야 하는 도리(예절과 의리)를 말합니다. 예의에 의해 유지되는 질서를 '인륜적 질서'라고도 합니다. 다음은 예의를 문학적으로 설명한 어느 시인의 글입니다.

　"예의란 자신을 존중하기 이전에 남을 존중하고, 나를 앞세우기 전에 남을 앞세우고, 내 이익보다 사회규범을 중시하고, 폭력에 맞서 질서와 평화를 추구하는 모든 노력의 아름다운 이름이다. 예의란 잘 다림질한 모시옷이나 리넨 냅킨처럼 산뜻하고, 우리의 생활을 격조 있게 만들기도 한다. 결코 귀찮은 절차이거나 고리타분하고, 위선적이고, 불필요한 것은 아니다."

사람은 더불어 사는 존재입니다. 더불어 산다는 것은 관계 속에 산다는 말입니다. 관계를 아름답게 하는 것이 사랑이고, 사랑에 윤활유가 되는 것이 예의입니다. 그러나 무례無禮는 교만 위에 돋아나는 독초毒草 같은 것입니다.

러시아의 시인 푸시킨이 젊었을 때 어느 공작의 가면무도회에 참석한 적이 있었습니다. 그는 한 아가씨에게 춤을 요청했는데, 그 아가씨는 버쩍 마르고 왜소하게 생긴 푸시킨을 보고 오만하게 말했습니다.

"나는 어린이와 같이 춤을 출 수 없어요."

푸시킨은 공손하게 물러나며 말했습니다.

"아, 미안합니다. 아가씨가 임신 중인 줄을 몰랐습니다."

아가씨는 얼굴이 빨개지며 아무 말도 못 하고 급히 그 자리를 피해 갔습니다.

이 아가씨의 무례는 그녀의 교만에서 나온 것입니다. 그리고 이 아가씨가 당한 수치는 그녀의 교만이 자초한 것입니다. 우리는 여기서 교만한 자가 저지르는 무례의 극치를 봅니다.

<u>1. 부모 자식의 도리를 지키지 않는 것이 무례다.</u>

가. 자식의 도리

부모는 부모로서의 도리가 있고, 자식은 자식으로서의 도리가 있습니다. 부모 자식 간의 도리의 고리는 사랑입니다. 자식에 대한 부모의 사랑을 자애慈愛라 하고, 부모에 대한 자식의 사랑을 효도孝道라고 합니다. 이 부모 자식 간의 도리를 천륜天倫이라고 부릅니다.

효도란 은혜 갚음입니다. 낳아 주신 은혜와 길러 주신 은혜를 잊지 않고 보답하는 것이 효도입니다. 동양에서는 '효를 백행의 근본孝百行之本'이라 하여, 우리가 지켜야 할 최고의 덕목으로 쳐 왔습니다. 그래서 그 은혜를 갚고자 하면 '넓은 하늘과 같이 다함이 없다昊天罔極'고 했습니다. 우리의 시조에도 효를 강조한 작품이 많습니다. 이를 '사친가思親歌'라고 합니다. 효를 숭상해 온 우리 민족의 성정이 잘 드러난 노래들입니다.

아버님 날 낳으시고 어머님 날 기르시니
두 분 곧 아니시면 이 몸이 살았을까
하늘 같은 가없는 은덕을 어찌 다 갚사오리.
(정철, 「훈민가」 중에서)

어버이 날 낳으셔서 어질게 길러 내시니

이 두 분 아니시면 내 몸 나서 어질소냐
아마도 지극한 은덕을 못내 갚아 하노라.
(낭원군의 시조)

성경에서도 '효는 부모를 공경하는 것이요 부모에게 순종하는 것
이요 부모를 기쁘게 하는 것'이라고 가르치고 있습니다. 그리고 효도
하는 사람은 잘되고 장수한다고 했습니다.

> "네 부모를 공경하라 그리하면 네 하나님 여호와가 네게 준 땅
> 에서 네 생명이 길리라(출애굽기 20장 12절)"
> "내 아들아 네 아비의 훈계를 들으며 네 어미의 법을 떠나지 말
> 라 이는 네 머리의 아름다운 관이요 네 목의 금 사슬이니라(잠언
> 1장 8~9절)"
> "네 부모를 즐겁게 하며 너를 낳은 어미를 기쁘게 하라(잠언 23
> 장 25절)"
> "네 아버지와 어머니를 공경하라 이것이 약속 있는 첫 계명이니
> 이는 네가 잘되고 땅에서 장수하리라(에베소서 6장 2~3절)"

우리가 부모를 사랑하는 것은 결코 부모가 훌륭하기 때문이 아닙
니다. 부모이기 때문에 사랑하는 것입니다. 부모를 사랑하는 것이
부모의 훌륭한 점이나 그 장점만을 사랑하는 것이라면 그것은 사랑
이 아닙니다. 부모님의 모든 것을 사랑해야 그것이 참사랑입니다.

우리 부모가 다른 부모보다 무능할 수도 있습니다. 우리 부모가 다른 부모보다 우리에게 더 야속할 수도 있습니다. 우리 부모가 다른 부모보다 더 많은 결점을 가지고 있을 수도 있습니다. 우리는 우리 부모의 그 무능함과 그 야속함과 그 결점까지도 사랑해야 하는 것입니다. 그렇지 않으면 우리는 부모를 이용의 대상으로 생각하는 것이 됩니다. 사랑은 말로 하는 것이 아닙니다. 사랑의 열매는 실천입니다. 성경에서도 이것을 엄중히 가르치고 있습니다. "자녀들아 우리가 말과 혀로만 사랑하지 말고 오직 행함과 진실함으로 하자" 요한일서 3장 18절의 말씀입니다.

어버이 살았을 제 섬길 일을 다 하여라
지나간 뒤에는 애달프다 어이 하리
평생에 고쳐 못 할 일이 이뿐인가 하노라
(정철의 시조)

바릿밥 남 주시고 잡숫느니 찬 것이며
두둑히 다 입히고 겨울이라 엷은 옷을
솜치마 좋다시더니 보공*되고 말아라
(정인보, 「자모사」 중에서)

---

* 시체를 관에 넣고 빈 곳을 옷가지 따위로 채워서 메우는 일

생전에 효도하지 못한 것을 후회하고 안타까워하는 노래들입니다.

생전에 효도하지 못한 것을 탄식하는 것을 풍수지탄風樹之嘆**이라고 합니다. 생전에 효도를 다하지 못한 것은 물론 슬픈 일이지만, 효도가 꼭 살아 계신 부모에게만 하는 것은 아닙니다. 부모님의 뜻을 받들어 그것을 실천하는 것이 부모님의 생사와 관계없이 우리가 해야 하는 진정한 효도입니다.

나. 부모의 도리

자녀는 하나님이 주신 가장 귀한 선물이요 가장 값진 상급입니다. 부모는 이 귀한 선물을 소중히 가꾸어야 합니다. 그것이 부모의 도리입니다. 이때의 도리는 물론 사랑입니다. 부모는 자녀가 잘나서 사랑하는 것이 아닙니다. 내 자식이 다른 아이보다 잘나지 못할 수도 있습니다. 공부를 못할 수도 있고, 건강하지 못할 수도 있습니다. 더 말썽꾸러기일 수도 있고, 더 망나니일 수도 있습니다. 그렇다고 사랑하지 않는 부모가 있을 수 있겠습니까?

부모는 자식을 가르쳐야 합니다. 가르칠 일이 수없이 많지만 무엇보다도 사랑을 가르쳐야 합니다. 하나님을 사랑하고 이웃을 사랑하는 마음을 가르쳐야 합니다. 선악을 분별하는 능력을 길러 주어야 하

** 風樹之嘆은 樹欲靜而風不止 子欲養而親不待(나무는 고요하고자 하나 바람이 그치지 아니하고, 자식은 봉양하고자 하나 부모는 기다리지 않는다)에서 따온 말이다.

고, 리더십 있는 인물로 키워야 합니다. 고난을 이겨 내는 힘을 심어 주어야 하고, 숨겨져 있는 재능을 계발해 내야 합니다. 자식이 어떤 재목으로 자라느냐는 전적으로 부모의 사랑에 달려 있습니다.

삼중고三重苦*의 헬렌 켈러를 래드클리프 대학을 나온 세계적인 사회 복지가로 길러 낸 것은 설리번 선생이었고, 헬렌 켈러로 하여금 설리번 선생을 만나게 한 것은 부모의 탁월한 선택 덕분이었음은 너무나 유명한 이야기입니다.

제1차 세계대전 후 윈스턴 처칠은 대독강경책을 인정받아 연립내각의 수상이 되었고, 전쟁을 승리로 이끌어 냄으로써 국민적인 영웅으로 부상했습니다. 영국에서 그의 인기가 최고조에 달했을 때 런던의 한 신문이 유치원부터 대학까지 처칠을 가르쳤던 교사와 교수들을 취재하고, '위인을 만든 스승들'이란 제목으로 보도해 화제를 불러일으켰습니다. 이 기사를 본 처칠은 신문사에 다음과 같은 편지를 보냈다고 합니다.

"귀 신문의 조사에서 가장 중요한 스승 한 분이 빠졌습니다. 그분은 나의 어머니입니다."

처칠을 위인으로 길러 내는 데 가장 큰 역할을 한 사람은 그의 어머니였습니다. 자식을 위하여 최선을 다하는 것, 그것이 자식에 대한 부모의 도리입니다.

---

* 시각장애, 청각장애, 언어장애의 세 가지 고통이 겹친 것

주님을 기다리는
대 합 실
146

"범죄자는 가정에서 키워진다. 법을 준수하는 것은 명예로운 시민도 마찬가지다. 선과 악은 가정에서부터 기본적으로 틀을 형성하게 된다. 대개의 경우 범죄자들은 가정 밖에서 못된 버릇을 익히게 된다. 결국 그들은 적당한 가정교육을 받지 못했기 때문에 그러한 길에 서게 된 것이다. 이 세상에서 좋은 가정을 대신할 수 있는 것은 하나도 없다." 에드거 후버의 지적입니다.

성경에서도 자식에게 마땅히 행할 길을 가르치라고 권면하고 있습니다.

"마땅히 행할 길을 아이에게 가르치라 그리하면 늙어도 그것을 떠나지 아니하리라(잠언 22장 6절)"

"아비들아 너희 자녀를 노엽게 하지 말고 오직 주의 교훈과 훈계로 양육하라(에베소서 6장 4절)"

아무리 자식이라도 정당한 충고는 진심으로 받아들여야 합니다. 『효경孝經』에 다음과 같은 내용이 실려 있습니다.

"천자에게 직언을 하는 신하 일곱 명이 있으면 비록 천자 자신이 도道가 없다 할지라도 천하를 잃지 않는다. 제후에게 직언을 하는 신하 다섯 명이 있으면 비록 제후가 도가 없더라도 그 나라를 잃지 않는다. 대부大夫가 직언을 하는 가신家臣 세 사람을 두고 있으면 비록 대부가 도가 없어도 그 집을 잃지 않는다. 선비에게 직언을 하는 친구가 있으면 명예가 그 품에서 떠나지 않으며, 아버지에게 직언을 하는 자식이 있으면 그 아버지는 불의에 빠지지 않는다. 그런 까닭에 불의를 당하면 자식은 아버지에게 간언하지 않을 수 없고, 신하는 임금에게 간언하지 않을 수 없는 것이다. 그러므로 의롭지 못한 일을 당했을 때에는 간언해야 하니 아비의 명에만 따르는 것을 어찌 효도라 할 수 있겠는가?"

　부모는 자식에게 모범을 보여야 합니다. 자식은 부모를 보고 배우며 자라기 때문입니다.
　처마 끝에서 떨어지는 낙숫물은 방울방울 떨어져 내리는 자리가 조금도 어긋나지 않습니다. 자식은 부모가 하는 대로 닮는 법입니다. 부모는 자식의 거울입니다.

　　<u>2. 장유(長幼)의 도리를 지키지 않는 것이 무례다.</u>

　가. 젊은이의 도리
　젊은이는 나이 든 사람을 공경하고 받들고, 그 가르침에 따라야 합니다. 의견이나 판단을 시대에 맞지 않다고 무시하거나 제쳐 놓거나 하는 것이 무례히 행하는 것입니다.
　"너는 센머리 앞에 일어서고 노인의 얼굴을 공경하며 네 하나님을 경외하라(레위기 19장 32절)" 성경의 가르침입니다.
　나이 든 사람은 나이 든 만큼 성숙한 사람입니다. 나이는 거저먹는 것이 아닙니다. 연륜이 곧 지혜요, 연륜이 곧 성숙입니다. 성숙한 사람은 철든 사람입니다. 그러므로 나이 든 사람은 나이가 들었다는 이유만으로도 존경받을 만합니다. 다음은 이어령 님의 글입니다.

"자연의 변화만으로 철이 가고 오는 것은 아닙니다. 우리의 마음 속에 머릿속에 모세 혈관과도 같은 핏줄 속으로 철이 가고 철이 들어 오곤 합니다. 철 속에서 과일이 익듯이 사람의 마음도 생각도 무르익습니다. 말하자면 철이 드는 것입니다. 시간은 우리 밖에서 흐르다가 그냥 사라져 버리는 강물이 아닙니다. 마치 향기로운 과일을 먹듯이 우리는 시간을 먹고 나이를 먹는 것입니다. 그러므로 시간 속에 찾아오는 철은 살과 핏속으로 들어가 마음이 되기도 하고 머릿속으로 파고들어 지혜가 되기도 합니다. 이 시간 속에서 철을 느끼는 마음이 없으면 어른들은 이렇게 말합니다. '네 나이 헛먹었구나.' 그렇기 때문에 사람들은 두 개의 몸무게를 가지고 살아갑니다. 저울로 달 수 있는 육체의 무게와 마음으로 다는 시간의 무게입니다. 그래서 마음이 풍부하고 인격이 있는 사람을 보고 '무게가 있는 사람', '철이 든 사람'이라고 합니다. 자신이 철이 들었다고 자부하는 사람이 제일 무지한 자입니다. 철은 고정되어 있는 것이 아니고 끝없이 성장하고 발전하는 역동의 개념이기에 그러합니다. 언제나 그 철 그대로인 사람은 더욱 안타까운 사람입니다. 그야말로 철모르는 사람입니다."

공자는 나이 40이 되어서야 생각이 헷갈리지 않게 되었고, 50에는 천명을 알고, 60이 되어 귀로 들으면 그 뜻을 이해하게 되었고, 70에는 마음이 하고자 하는 바를 따라도 틀을 벗어나지 않게 되었다고 했습니다.

르호보암이 솔로몬의 뒤를 이어 왕이 되었습니다. 이스라엘 백성들이 부왕 때부터 내려오는 조세와 부역이 너무 과중하니 좀 덜어 달라고 간청했습니다. 나이 많은 원로들은 백성의 요구에 응하라고 권하였는데, 자기와 함께 자라난 젊은이들은 '부왕께서는 너희를 가죽 채찍으로 치셨으나 나는 쇠 채찍으로 다스리겠다'고 하라고 권하였습니다. 왕은 젊은이들의 말을 따라 백성들의 간청을 들어주지 않았습니다. 이에 10지파가 여로보암을 주축으로 반란을 일으켜 따로 북이스라엘을 건국했습니다. 르호보암은 유다, 베냐민 두 지파만 거느리고 남유다의 왕이 되었습니다.

이스라엘 열두 지파가 북이스라엘과 남유다로 나뉘게 된 것은 르호보암이 원로들의 권유를 듣지 않은 데서 빚어진 결과였습니다.

나. 나이 든 사람의 도리

젊은이는 미래의 희망이요 동력입니다. 나이 든 사람은 이런 젊은이를 사랑하고 보호하고 격려하고, 그들의 의견이나 판단을 겸허히 받아들여야 합니다. 세상 물정 모른다고 타박하거나 따진다고 싫어하고, '재하자유구무언在下者有口無言'을 들먹이며 말대꾸한다고 덮어놓고 책하는 것 등은 젊은이에 대한 예의가 아닙니다. 젊은이들의 생각은 젊은 만큼 신선하고 발랄하며 창조적이라는 사실을 인정하는 것이 젊은이에 대하여 무례하게 행하지 않는 것입니다. 그렇다고 젊은이를 젊다는 이유만으로 무조건 찬양만 할 일은 물론 아닙니다. 젊은이는 젊은 만큼 약점도 많습니다. 그 약점을 편견 없이 바르게 찾아내어 이를 바로잡아 주는 일은 나이 든 사람이 마땅히 해야 하는 의무입니다. 그러나 젊은이들의 고민을 함께 고민하고, 젊은이들의 의견을 존중해 주는 것은 젊은이에 대한 나이 든 사람의 예의입니다.

3. 자기가 받은 은혜에 감사할 줄 모르는 것이 무례다.

은혜란 베푸는 쪽에서 보면 사랑의 한 표현입니다. 받는 쪽에서 보답으로 보내는 사랑의 표현이 감사입니다. 감사할 줄 모르는 것은 사랑을 사랑으로 보답할 줄 모르는 무례요 교만입니다.

은혜를 입었으면 반드시 갚아야 하는 것이 사람의 도리일 것입니다. 이는 꼭 물질적인 보답을 의미하는 것이 아닙니다. 기쁜 마음으로 감사를 표하는 것도 훌륭한 보답입니다. 그래서 옛날부터 보은報恩을 사람의 가장 값진 덕목으로 여겨 온 것입니다. '반포보은反哺報恩'이란 말이 있습니다. 까마귀가 자신을 먹여 준 어미에게 은혜 갚는 것을 두고 생긴 말입니다. 이처럼 하찮은 미물들도 은혜를 아는데 하물며 만물의 영장으로 지음 받은 우리 인간은 어떻겠습니까? 우리 속담에 '귤 껍질 한 조각만 먹어도 동정호를 잊지 않는다'는 것이 있습니다. 이것은 자연이 주는 혜택을 잊지 않는다는 뜻입니다. 자연이 주는 작은 혜택에도 이래야 하는데 하물며 사람의 은혜는 어떻겠습니까? 은혜에 감사할 줄 모르는 것도 배은背恩입니다. 배은背恩은 무례를 넘어 망덕亡德입니다.

'은혜를 원수로 갚는다恩反爲仇'는 말이 있습니다. 은혜를 지나치게 내세워 갚기를 강요하거나 은혜 안 갚는다고 나쁘게 소문내거나 해서 굴욕감을 안겨 주었을 때, 그 반감으로 이런 일을 저지를 수도 있습니다. 은혜란 말없이 베푸는 아름다운 마음에서 우러나는 것입니다. 감사를 강요하는 은혜는 은혜가 아닙니다.

4. 잘못된 선입견으로 상대를 평가하는 것도 무례다.

그 사람의 차림, 외모, 소유물 등에 따라 대하는 태도를 달리하는 것이 무례입니다. 사람을 겉만 보고 평가하는 것은 사람을 대하는 바른 태도가 아닙니다. 진정한 사람은 겉사람이 아니고 속사람이기 때문입니다. 성경에서도 "우리의 겉사람은 낡아지나 우리의 속사람은 날로 새로워진다(고린도후서 4장 16절)"고 가르치고 있습니다.

사람은 어떤 사람이든 하나같이 사랑받기 위해 태어난 존재들입니다. 외양으로 사람의 가치를 결정할 일은 절대로 아닙니다. 사람은 모두가 하나님의 사랑의 파트너로 지음 받은 존재들이기 때문입니다.

"당신은 사랑받기 위해 태어난 사람. 당신의 삶 속에서 그 사랑 받고 있지요." 복음성가에 나오는 말입니다.

사랑은 그 대상을 구별하지 않는 것입니다.

남의 일에 함부로 간섭하는 것, 남의 인격이나 권위를 존중하지 않는 것, 자신의 고집을 꺾지 않는 것. 이런 것들이 다 인간에 대한 무례입니다.

대화에서 상대방에게 나처럼 되라고 말하는 것, 대화 중 새치기하는 것, 말을 독점하여 너무 길게 하는 것, 농담 삼아 남의 약점을 들추는 것, 자기 공을 지나치게 내세우는 것. 이런 것들이 다 인간에 대한 무례입니다.

5. 하나님을 멀리하는 것이 하나님에 대한 무례다.

하나님을 바르게 섬기는 것이 하나님의 백성의 도리입니다. 이 도리가 하나님 백성이 지켜야 하는 예의입니다. 그런데 사람에 대한 책임을 다할 줄 모르는 사람이 어찌 하나님을 바르게 섬길 수 있겠습니까? 사람에 대한 예의를 잘 지키는 사람이 하나님에 대한 예의도 잘 지킵니다. 예의의 바탕이 사랑이기 때문입니다.

"누구든지 하나님을 사랑하노라 하고 그 형제를 미워하면 이는 거짓말하는 자니 보는 바 그 형제를 사랑하지 아니하는 자가 보지 못하는 바 하나님을 사랑할 수 없느니라. 우리가 이 계명을 주께 받았나니 하나님을 사랑하는 자는 또한 그 형제를 사랑할지니라(요한일서 4장 20~21절)"

하나님을 모르는 것, 하나님의 은혜에 감사할 줄 모르는 것이 가장 큰 무례입니다. 하나님을 모르는 것은 하나님을 찾지 않기 때문입니다.

"나를 사랑하는 자들이 나의 사랑을 입으며 나를 간절히 찾는 자가 나를 만날 것이니라(잠언 8장 17절)"

은혜는 하나님께서 거저 주시는 것입니다. 하나님의 은혜는 우리에 대한 하나님의 한결같은 사랑입니다.

"오호라 너희 모든 목마른 자들아 물로 나아오라 돈 없는 자도 오라 너희는 와서 사 먹되 돈 없이, 값 없이 와서 포도주와 젖을 사라(이사야서 55장 1절)"

성경(마태복음 20장 1~16절)에 예수님이 포도원에서 품꾼을 쓰는 한 농부의 이야기를 비유로 들려주시는 대목이 있습니다. 품꾼들 중에는 해 뜰 무렵에 온 사람도 있고, 점심 때 온 사람도 있고, 오후 쉬는 시간에 온 사람도 있고, 끝나기 한 시간 전에 온 사람도 있습니다. 그런데 이들 모두의 품값이 같았습니다. 주인의 처사는 공정한 보수와는 거리가 먼 것이었습니다.

이 비유는 세상의 관점에서 보면 전혀 말이 안 되는 처사입니다. 그러나 그것이 하나님이 가르치시려는 내용의 핵심입니다. 은혜란 하루 품삯처럼 계산할 수 있는 것이 아니기 때문입니다. 은혜는 일등이냐 꼴찌냐를 따지지 않습니다. 따라서 은혜의 세계는 자격이라는 말 자체가 소용이 없습니다. 은혜란 하나님의 선물로 받는 것이지, 노력의 대가로 얻는 것이 아니기 때문입니다.

"그래야만 너희는 하늘에 계신 아버지의 아들이 될 것이다. 아버지께서는 악한 사람에게나 선한 사람에게나 똑같이 햇빛을 주시고 옳은 사람에게나 옳지 못한 사람에게나 똑같이 비를 내려 주신다(공동 번역)(마태복음 5장 45절)"

하나님이 계실 자리에 다른 것이 자리하면 그것이 우상입니다. 살아 계신 하나님이 아닌 다른 것들을 하나님으로 여기려는 유혹을 떨쳐 내야 합니다. 세상의 영욕에 집착하는 사람은 자기를 우상으로 세우는 사람입니다. 이런 사람은 평생 자기의 노예가 되고 맙니다.

"인간이 하나님 뜻의 통치를 받지 않으면 그 벌로 자기의 노예가 된다. 그리스도에게 사로잡힐 때만 나는 참된 자유를 얻는다."

버나드가 한 말입니다.

하나님 외의 다른 것을 섬기는 것은 하나님에 대한 무례를 넘어 죄악입니다.

사랑과 분노

노하기를 더디 하는 자는 용사보다 낫고
자기 마음을 다스리는 자는 성을 빼앗는 자보다 나으니라(잠언 16장 32절)

.
.
.

사랑은 성내지 아니하며(고린도전서 13장 5절)

성내는 것을 성경에서는 '분내다', '노하다', '분노하다' 등으로
표현하고 있습니다. 분노憤怒, 忿怒는 분하여 몹시 성을 내는 것을 일
컫는 말입니다. 원어로는 '코로 숨을 내쉬다'라는 뜻으로, 인간의 내
면에서 극심한 증오와 복수의 감정이 일어나 거친 숨을 밖으로 거듭
몰아쉬는 상태를 암시하는 표현입니다. 분노의 생리적 현상은 수의
근隨意筋의 활동이 왕성하여 혈관이 늘어나, 혈액이 표면에 나오며 독
소가 생기는 현상이라고 합니다. 아무튼 분노는 사랑을 파괴하는 독
소입니다. 그러나 성내는 것이라 해서 다 그런 것은 아닙니다. 그것
이 선을 위한 열정일 경우도 있기 때문입니다. 우리는 그런 분노를
의분義憤이라고 합니다. 이토 히로부미의 가슴에 총탄을 퍼부은 안중

근 의사의 분노는 민족정기를 불러일으키는 횃불이 되었고, 노예 매매 시장에서 흑인 노예들이 백인들에게 매매되는 처참한 광경을 보고 일으킨 에이브러햄 링컨의 분노는 그로 하여금 후일에 노예해방의 위업을 이룩하게 했습니다.

예수께서도 악을 보면 불같이 화를 내셨습니다. 율법학자나 바리새인들의 위선에 대하여 '어리석은 눈먼 자들아', '회칠한 무덤 같은 자', '독사의 새끼들아' 하고 분노를 터뜨리셨고(마태복음 23장 17절, 27절, 33절), 예루살렘 성전에 이르러서는, "너희는 기도하는 내 집을 '강도의 소굴'로 만들었다"고 꾸짖으시며 성전 뜰을 어지럽히는 장사꾼들을 내쫓고, 환금상換金商들의 탁자와 비둘기 장수들의 의자를 둘러엎으셨습니다.

그러나 의분의 경우가 아닌 성냄은 사랑을 파괴하고 인간관계를 훼손하는 독소가 됩니다. 성냄은 악의를 품고 있거나 복수심의 발로인 경우가 대부분입니다. 악의는 시기심이 그 원인일 경우가 많습니다. 이는 우리가 떨쳐 버려야 하는 마음의 독소 중 하나입니다. 성경에서도 이를 다음과 같이 지적하고 있습니다.

"너희는 모든 악독과 노함과 분냄과 떠드는 것과 비방하는 것을 모든 악의와 함께 버리고(에베소서 4장 31절)"

"이제는 너희가 이 모든 것을 벗어 버리라 곧 분함과 노여움과 악의와 비방과 너희 입의 부끄러운 말이라(골로새서 3장 8절)"

그리고 주님께서는 우리에게 원수를 저주하지 말고, 악으로 갚지도 말고, 축복하라고 권면하고 계십니다.

"너희 원수를 사랑하며 너희를 박해하는 자를 위하여 기도하라(마태복음 5장 44절)"

"원수를 갚지 말며 동포를 원망하지 말며 이웃 사랑하기를 네 몸과 같이 하라(레위기 19장 18절)"

우리가 무엇보다도 경계해야 하는 것은 아무것도 아닌 사소한 일을 두고 함부로 성을 내는 일입니다. 이는 잠재했던 증오심이 폭발하는 것으로, 모든 것을 남의 탓으로 돌리는 원망을 가득 품고 사는 사람에게서 흔히 일어나는 현상입니다. 이런 사람은 스스로를 부정의 늪에 빠뜨리는 사람입니다. 은혜를 모르는 사람, 감사를 모르는 사람, 불행을 안고 사는 사람입니다.

"내 사랑하는 형제들아 너희가 알지니 사람마다 듣기는 속히 하고 말하기는 더디 하며 성내기도 더디 하라. 사람이 성내는 것이 하나님의 의를 이루지 못함이라(야고보서 1장 19∼20절)"

이런 사람은 자신을 제어할 능력이 부족하기 때문에 성을 좀처럼 누그러뜨리지 못해서 성냄의 정도나 시간이 지나친 경우가 많습니다. 이는 미련한 자의 소행이요 스스로 우매한 자임을 자인하는 행위입니다.

"분을 내어도 죄를 짓지 말며 해가 지도록 분을 품지 말고(에베소서 4장 26절)"

"분노가 미련한 자를 죽이고 시기가 어리석은 자를 멸하느니라(욥기 5장 2절)"

사랑과 소망

나무는 소망이 있나니 찍힐지라도
다시 움이 나서 연한 가지가 끊이지 아니하며(욥기 14장 7절)

●
●
●

사랑은 모든 것을 바라며(고린도전서 13장 7절)

'사랑은 모든 것을 바라는 것'이라고 했습니다. '바람'은 희망이고, 소망입니다. 소망은 꿈이고 비전(vision)이기도 합니다. '모든 것을 바란다'는 것은 어떤 경우에도 소망을 잃지 않는 것을 말합니다.

소년은 휘파람을 불며 구두를 닦고 있었습니다. 그의 표정은 즐거움으로 들떠 있는 것 같았습니다. 손님이 물었습니다.

"구두 닦는 것이 즐거우냐?"

"예."

"무엇이 그렇게 즐거우냐?"

"저는 지금 구두를 닦는 것이 아니라 꿈을 닦고 있는 것이거든요."

"꿈을 닦다니?"

"구두를 닦아 돈을 모아, 글을 배우고 학교에 가고 공부를 하고 작가가 되고 하는 꿈을 말입니다."

이 소년은 후에 그의 꿈대로 위대한 작가가 되었습니다. 그가 『두 도시 이야기』, 『위대한 유산』, 『올리버 트위스트』, 『크리스마스 캐럴』 등을 쓴 19세기 영국의 위대한 작가 찰스 디킨스였습니다.

소망이란 원래 미래의 것을 기대하는 것이요, 눈에 보이지 않는 것을 바라는 것입니다. 눈에 보이는 것은 이미 실재하는 것이기 때문에 소망이 될 수 없습니다. 그것은 감각이나 인지의 대상일 뿐입니다. 성경에서도 이 점을 지적하여 '보이는 소망은 소망이 아니라'고 했습니다.

"우리가 소망으로 구원을 얻었으매 보이는 소망이 소망이 아니니 보는 것을 누가 바라리요(로마서 8장 24절)"

보이는 것은 잠깐이요 보이지 않는 것은 영원한 것입니다. 하나님 백성의 궁극적인 소망은 영원으로 이어지는 '구원'입니다.

따라서 성경에서의 소망은 '믿음을 가지고 하나님을 의지하는 것'을 뜻합니다. 하나님은 소망의 하나님이시기 때문입니다.

"주여 내가 무엇을 바라리요 나의 소망은 주께 있나이다(시편 39편 7절)"

'사랑은 모든 것을 바란다'는 것은 사랑은 소망을 가진다는 것입니다. 소망을 가진다는 것은 현재가 아무리 절망적이라 할지라도 절망적인 결론을 내리지 아니하고, 그것이 개선될 것을 믿고 희망을 잃지 않는 것입니다. 주님은 약한 데 더 많은 은혜를 베푸시는 분이시기 때문입니다. 주님께서는 "너는 이미 내 은총을 충분히 받았다. 내 권능은 약한 자 안에서 완전히 드러난다(고린도후서 12장 9절)"고 번번이 말씀하셨습니다.

성경(욥기 6장 26절)에서는 좌절이나 절망에 빠진 자를 '소망이 끊어진 자'라 하고, "소망이 끊어진 자의 말은 바람과 같다"고 했습니다. '바람과 같다'는 말은 귀담아들을 가치가 없는 허탄한 말이라는 뜻입니다. 불신자들에게는 죽음으로 귀결되는 현세의 삶이 소망의 끝이 되지마는, 성도들에게는 죽음이 끝이 아니요 죽음 이후의 세계에 대한 소망이 있기 때문에 주님의 손을 잡고 있는 한 좌절이나 절망이 있을 수 없습니다. 그러니까 우리에게는 예수 그리스도가 바로 소망입니다. 흑암이 깊을수록 하늘의 별들은 더욱 빛나는 법입니다. 나의 좌절과 절망이 깊을수록 예수님이 내게 더 큰 소망이 되어 우리를 절망에서 구원해 주시는 것입니다. '하나님은 일어서는 법을 가르치기 위하여 쓰러뜨리고, 다시 태어나는 법을 체득하게 하기 위하여 실패의 시련을 주시는 것'이라 했습니다. 그러므로 쓰러지는 것도 실패하는 것도 다 주님의 사랑입니다. 이런 주님의 사랑을 믿지 않는 자가 바로 소망이 끊어진 자입니다.

그리고 미래를 바라보고 소망을 갖는 사람은 사람들을 대할 때 위로의 말, 격려의 말, 용기 주는 말을 합니다. "하는 짓을 보니 앞길이 뻔하다", "싹수가 노랗다", "~하면 내 손에 장을 지지지" 등의 말을 예사로 하는 사람은 소망이 끊어진 사람들입니다.

'사랑은 모든 것을 바라며'의 궁극적인 소망은 "뜻이 하늘에서 이루어진 것같이 땅에서도 이루어지이다(마태복음 6장 10절)"라는 주기도문의 말씀처럼 예수님의 뜻을 이 땅 위에 실천하는 것입니다.

예수님의 계명은 "내가 너희를 사랑한 것과 같이 너희도 서로 사랑하라"는 것입니다. 성경은 "누구든지 하나님을 사랑하노라 하고 그 형제를 미워하면 이는 거짓말하는 자니 보는 바 그 형제를 사랑하지 아니하는 자가 보지 못하는 바 하나님을 사랑할 수 없느니라(요한일서 4장 20절)"고 가르치고 있습니다. 그러므로 우리는 이런 주님의 뜻이 땅 위에서 이루어질 수 있도록 어떤 경우에도 소망의 끈을 놓지 말아야 합니다.

"새 계명을 너희에게 주노니 서로 사랑하라 내가 너희를 사랑한 것같이 너희도 서로 사랑하라(요한복음 13장 34절)"

인도의 콜카타에서 평생을 생활이 비참하고 희망이 없는 사람들에게 희망과 긍지를 심어 주어 노벨 평화상을 받은 테레사 수녀에게 어느 날 기자가 "어떻게 날마다 그런 사람들을 찾아가서 사랑할 수 있느냐"고 질문을 했습니다. 그의 대답은 "나는 모든 사람들에게서 그리스도를 발견합니다. 나는 모든 사람이 그리스도라고 알고 있습니다"라는 것이었습니다. 이러한 사람에 대한 사랑 때문에 그는 지치지도 않고 평생을 가난한 사람, 병든 사람을 위해서 일할 수가 있었던 것입니다.

　마틴 루터 킹 목사는 흑인 목사였습니다. 1950년대 미국에서는 흑인들이 많은 고난을 받았기에 백인의 버스에 오를 수가 없었습니다. 그가 앨라배마 주 몽고메리 시 덱스터 침례교회 목사로 재직하고 있던 1955년, '로사 파크스'라는 할머니가 백인 전용 버스 뒷좌석에 앉아 있다가 남자들에게 뭇매를 맞고 급기야는 경찰에 체포되는 사건이 일어났습니다. 킹 목사는 할머니가 재판을 받는 12월 5일부터 이에 항의하는 버스 타기 거부 운동을 전개했습니다. 그의 주도로 전개된 이 운동은 많은 시민의 동참 아래 381일 동안 계속되었습니다. 앨라배마 주 몽고메리 시의 많은 사람이 버스 타기를 거부하고 걸어 다녔습니다. 걸어서 출근을 하고, 걸어서 퇴근을 했습니다. 걸어 다니는 사람들로 인하여 온 시의 교통이 마비되어 갔습니다. 이 운동을 일으킨 지 381일 만에 킹 목사는 미 대법원에서 "버스를 타는 데 인종차별을 두는 것은 위법이다"라는 판결을 받아 내었습니다. 그는 "하나님의 사랑 아래 왜 백인과 흑인의 차별이 있어야 하는가, 배운 사람과 못 배운 사람이 왜 차별을 받아야 하는가"라고 하며 유명한 "나에게는 꿈이 있습니다"라는 연설을 했습니다.
　"나에게는 꿈이 있습니다. 내 아이들이 피부색을 기준으로 사람을 평가하지 않고 인격을 기준으로 사람을 평가하는 나라에서 살게 되는 꿈입니다. 나에게는 꿈이 있습니다. 지금은 지독한 인종차별주의자들이 있는 앨라배마 주에서 흑인 어린이들이 백인 어린이들과 형제자매처럼 손을 마주 잡을 날이 올 것이라는 꿈입니다."

이 연설은 많은 사람의 마음을 감동하게 했습니다. 사람들은 그런 꿈이 이루어지도록 노력한다고 했습니다. 얼마 후에 마틴 루터 킹 목사는 백인 우월주의자 암살범에 의해서 저격당했습니다. 그러나 그의 꿈은 지금 미국뿐 아니라 전 세계로 퍼져 나가면서 이루어지고 있습니다. 마침내 미국에 흑인 대통령까지 나오게 된 것입니다.

사랑의 열매가 바로 소망입니다.

주여! 평생을 처음처럼 살게 하소서

그리고 마지막처럼 살게 하소서

처음 주의 음성을 듣고

밤잠을 이루지 못했던 그때처럼

지금도 주의 음성을 그리워하게 하소서

처음 주의 손길을 느꼈을 때처럼

지금도 주의 사랑을 사모하게 하소서

(어떤 기도문, 「평생을 처음처럼, 그리고 마지막처럼」 중에서)

III

은
혜
의
밭

기도

．
．
．

기도는 나의 음악
가슴 한복판에 꽂아 놓은
사랑은 단 하나의
성스러운 깃발

(이해인, 「민들레의 영토」 중에서)

　매제가 뇌출혈로 쓰러졌다고 울먹이며 말하는 누이의 전화를 받고, 우리 내외는 허둥지둥 그들이 사는 마산으로 내려갔습니다. 매제는 개업을 하고 있는 외과 의사입니다. 평소 건강하기 이를 데 없었고 건강을 위한 섭생이나 운동에도 유별났던 사람이라, 이는 정말 청천벽력 같은 소식이었습니다. 우선 가 보기라도 해야 되겠다는 다급한 생각에 앞뒤 가리지 않고 역으로 달려갔던 것입니다. 기차 속에서 기도하고 있는 아내를 바라보는 내 마음이 그렇게 착잡할 수가 없었습니다. 누이 하나는 먼저 보내고, 누이 하나는 과부를 만드는 것이 아닌가 생각하니 내가 무슨 죄라도 지은 것같이 온몸이 오그라드는 것 같았습니다. 도착해서도 사색死色이 되어 있는 누이와 그를 위로하기 위하여 와 있는 그의 친구들 얼굴을 차마 바로 볼 수가 없었습니다.

중환자실에 시체처럼 누워 있는 매제의 손발을 만지며, 내가 그를 위하여 아무것도 할 수 없다는 것이 그렇게 미안할 수가 없었습니다. 무심한 의사 한 사람이 단 1%의 소생 가망도 없다는 선고를 했다고 했습니다.

그 말을 전하는 누이의 얼굴은 차마 볼 수 없을 만큼 참담했습니다. 절망을 애써 감추려는 그의 필사적인 노력이 나를 더욱 안타깝게 했습니다. 미동도 못 하는 매제를 붙들고 나는 주님을 찾았습니다. 내가 할 수 있는 일이란 기도뿐이었습니다. 그러다가 기도뿐이라는 생각, 기도밖에 없다는 생각이 얼마나 잘못된 생각인가 깨달았습니다. 기도밖에 없는 것이 아니라, 이런 절망적인 상황에서 기도만이 길이라는 믿음 같은 것이 생겨났습니다. 주님의 사랑에 나를 맡기는 그 이상의 길이 있을 수 없다는 절실함이 나를 일깨우는 것 같았습니다. 나는 그의 손을 붙들고 '살려 달라'고 '제발 살려 달라'고 간절히 기도했습니다.

누이 성당의 교우들도 일제히 기도하고 있고, 미국에 있는 조카딸

교회의 교우들도 미국 땅에서 다 함께 기도하고 있다고 했습니다. 조카딸이 비행기 안에서 자신의 아버지를 위해 엎드려 기도하고 있는데, 어떤 외국인 한 사람이 옆자리에 다가와 사연을 묻고는 자기도 기도에 동참해 주겠다고 하며 정성을 다하여 함께 기도해 주더라고 조카딸이 전해 주었습니다. 그 외국인이 기도를 마치고 기도 중 영감을 받았는데 "당신 아버지는 내일이면 깨어날" 거라고 했다고 합니다. 정말로 다음 날 조카딸이 도착했을 때 매제가 거짓말같이 깨어났습니다. 몸도 움직이고 의식도 돌아와, 사람도 알아보고 말도 하기 시작했습니다. 사흘째 되는 날 아침에 내가 갔을 때는 제 손으로 직접 죽을 떠먹기도 했습니다. 단 1%도 가망이 없다던 사람이었기에, 이것은 기적이 아닐 수 없었습니다. 그제야 마음이 좀 놓였습니다. 안심해도 되겠다 싶어, 그날로 우리 내외는 이곳 집으로 돌아왔습니다. 돌아와서 나와 아내는 우리 교회 교우들과 지인들에게 기도를 부탁했습니다. 알게 모르게 그를 위하여 기도하는 사람이 많아졌습니다. 그 기도는 지금도 계속되고 있을 것입니다.

　매제는 하루가 다르게 좋아져 지금은 퇴원하여 열심히 재활 운동 중이며, 자기 병원에 출근까지 한다고 합니다. 나는 이것이 기도의 힘이었다고 믿고 있습니다. 두 사람 이상이 합심하여 기도하면 무엇이든지 이루게 해 주시겠다고 주님께서 약속하셨습니다. 많은 사람이 합심하여 하는 절실한 기도가 주님의 손을 움직이게 한 것이라고 믿고 있습니다.

기도는 하나님과의 대화입니다. 대화란 단순한 말이 아닙니다. 말이 정보를 교환하는 것이라면, 대화는 마음을 교환하는 것입니다. "너희가 내 안에 거하고 내 말이 너희 안에 거하면 무엇이든지 원하는 대로 구하라. 그리하면 이루리라" 요한복음에 나오는 주님의 약속입니다. 우리는 기도를 통하여 하나님의 마음에 접할 수가 있습니다. 하나님의 마음은 사랑입니다. 우리는 기도를 통하여 그 사랑의 마음을 받아들입니다. S.T. 콜리지라는 사람은 "가장 잘 사랑하는 자가 가장 잘 기도하는 자"라고 했습니다. 기도는 하나님의 사랑에 기댄 호소라고도 할 수 있습니다. 하나님은 전능하신 분이요 우리를 사랑하시는 분이십니다. 기도는 우리를 사랑하시는, 살아 계시는 하나님의 손을 움직이게 하는 힘이 있습니다. 하나님은 우리의 기도를 들어주시겠다고 약속하셨기 때문입니다. 우리에 대한 하나님의 모든 사랑의 역사는 기도를 통하여 이루어집니다.

　우리가 기도할 수 있는 하나님을 우리 안에 모시고 있다는 것은 더할 수 없는 축복입니다. 사랑이 지나친 법이 없듯이 기도도 지나친 법이 없습니다. 하나님께 적게 기도하는 것은 하나님을 적게 사랑하는 것입니다. 하나님은 내가 기도하기를, 더욱 많이 기도하기를 원하십니다. 영적인 일의 성공은 모두 기도에 달려 있기 때문입니다. 기도하지 않은 사람이 혹 성공의 열매를 얻는 일이 있다면, 그것은 누군가가 그를 위하여 기도하고 있기 때문이라고 배웠습니다. 내가 나 아닌 다른 사람을 위하여 하는 기도를 중보기도라고 합니다. 기도는 하나님께로 이어 주는 사랑의 끈입니다. 기도는 하나님과의 사랑의 대화이기 때문입니다. 사람과 사람 사이에 대화가 끊어지면 그 관계도 끊어지듯이, 하나님과 우리 사이에도 기도의 대화가 끊어지면 하나님과의 사랑의 끈이 끊어지고 맙니다.

하나님은 오늘도 여전히 우리를 사랑하고 계십니다. 우리를 구원하시기를 갈망하고 계십니다. 그분의 팔이 짧아 구원하지 못하시는 것이 아니라, 우리가 더 많이 더 진실하게 기도하지 않기 때문에 주님께서 팔을 내밀지 못하시는 것입니다. 오직 기도만이 세상을 움직이는 하나님의 손을 움직입니다. 우리가 기도할 때에 하나님께서 일을 하시기 때문입니다. 그래서 성경에서도 '쉬지 말고 기도하라'고 했고, '이는 그리스도 예수 안에서 너희를 향하신 하나님의 뜻'이라고 말씀하셨습니다. 하나님께서는 우리의 기도에 반드시 응답해 주신다고 약속하셨습니다. 기도 응답은 우리를 향하신 하나님의 사랑이요, 우리에게 베푸시는 하나님의 은혜입니다. 그래서 기도는 우리에게 죄 사함의 확신과 영생에 대한 믿음을 갖게 하고, 우리가 짊어지고 가는 인생의 짐을 가볍게 해 주고, 질병에 시달리는 우리의 육신을 고쳐 주며, 우리로 하여금 어떤 시련에도 이겨 내는 힘을 줍니다. 기도는 우리를 새롭게 태어나게 합니다. 기도는 우리를 하나님의 자녀로 바로 세우는 오직 하나의 길입니다.

은혜

우리가 다 그의 충만한 데서 받으니 은혜 위에 은혜러라 (요한복음 1장 16절)

•
•
•

오늘은 부활절이자 저의 선친의 기일입니다. 아버지의 기일과 부활절이 겹친 오늘, 나는 가족들이 모인 자리에서 하나님의 은혜와 부모님의 은혜에 대하여 이야기를 나누었습니다. 우리가 이 세상에 태어나 오늘 이렇게 제 나름대로의 삶을 살아갈 수 있는 것이 모두 하나님의 은혜요 부모님의 은혜이기 때문입니다. 은혜란 값 없이 받는 혜택을 말합니다. 기독교에서는 하나님이 인간에게 베푸는 사랑을 은혜라고 합니다. 은혜를 입었으면 반드시 갚아야 하는 것이 사람의 도리일 것입니다. 그것이 값 없이 받는 것이기 때문에 더욱 그렇습니다. 그래서 옛날부터 보은報恩을 사람의 가장 값진 덕목으로 여겨 온 것이 아닙니까?

결초보은結草報恩이란 말이 있습니다. 은혜를 입은 사람이 혼령이 되어, 풀포기를 묶어 놓아 적이 걸려 넘어지게 함으로써 은인을 구해 주었다는 고사에서 나온 말로, 죽어 혼령이 되어서도 은혜를 잊지 않고 갚는다는 말입니다. 무슨 수를 써서라도 은혜는 잊지 않고 꼭 갚는다는 것을 비유적으로 이르는 표현으로 '머리털을 베어 신발을 삼는다' 는 속담도 있습니다. 모두가 보은報恩의 엄중성을 나타내는 내용들입니다. 어찌 사람뿐이겠습니까? '개도 닷새가 되면 주인을 안다' 고 합니다. 개도 주인의 은혜를 잊지 않고 갚는다는 뜻입니다. 어미를 되먹인다反哺는 까마귀를 효조孝鳥라고 칭송하는 것은 은혜를 아는 새이기 때문입니다. 하찮은 미물들도 이렇듯 은혜를 아는데 하물며 만물의 영장으로 지음 받은 우리 인간이겠습니까? 더구나 그것이 끝없이 높고 크신 하나님의 은혜며, 부모님의 은혜이겠습니까? 배은背恩을 가장 큰 망덕亡德으로 삼는 데는 다 이유가 있는 것이 아니겠습니까?

문제는 무엇으로 어떻게 그 은혜에 보답하느냐 하는 것입니다. 은혜는 값 없이 베푸는 것이라 했습니다. 값 없이 베푼다는 것은 그 베풂의 바탕이 사랑이기 때문에 가능한 것이 아니겠습니까? 은혜란 사랑의 또 다른 이름이기 때문입니다. 자신의 몸을 죽여 우리 인간을 죄에서 건져 내신 주님의 구속의 역사는 그 사랑의 절정입니다. 주님께서 가시관을 쓰시고 십자가를 지시고 채찍을 맞으시며 골고다 처형장으로 끌려가시는 그 참혹했던 고난과, 십자가에 못 박혀 피를 뿌리며 최후를 맞으신 그 처참한 죽음은 우리를 죄에서 해방시키기 위한 하나님의 선택이요 위대한 사랑의 확증이었습니다.* 그리고 이러한 하나님과 우리로 이어지는 생명의 통로가 부모님입니다. 그렇기 때문에 부모님의 사랑 또한 크게 다를 것이 없습니다. 부모님께서는 직접 우리를 기르셨습니다. 오늘의 우리가 되기까지는 우리를 위해 쏟으신 부모님들의 정성과 눈물과 아픔이 굽이굽이 배어 있습니다. 부모님의 은혜를 구로지은劬勞之恩이라고 하는 이유도 여기에 있습니다. "네 부모를 공경하라" 이것은 하나님께서 직접 쓰셔서 돌에 새겨 남기신 십계명 중 인간에 대한 첫째 계명입니다. 하나님과 부모님으로부터 받은 사랑이 바로 우리가 입은 은혜입니다. 우리가 받은 은혜가 사랑이기 때문에 우리가 갚아야 할 은혜의 보답도 마땅히 사랑이라야 할 것입니다.

　하나님이 우리를 사랑하듯이 우리도 하나님을 사랑해야 합니다. 부모님이 우리를 사랑하듯이 우리도 부모님을 사랑해야 합니다.
　사랑한다는 것은 좋은 것만 골라서 사랑하는 것이 아닙니다. 대상의 전부를 사랑하는 것이 진정으로 사랑하는 것입니다. 우리가 하나님을 사랑하려면 주님께서 겪으신 그 십자가 피 흘림의 고통까지도 사랑해야 합니다. 부모님에 대한 사랑도 마찬가지입니다. 누군가가 부모는 보이지 않는 하나님의 보이는 대리인이라고 말했습니다. 그러므로 우리 부모가 우리를 사랑했던 그 이상으로 우리는 우리 부모를 사랑해야 합니다. 우리 부모는 우리가 잘났기 때문에 우리를 사랑

* "모든 사람이 죄를 범하였으매 하나님의 영광에 이르지 못하더니 그리스도 예수 안에 있는 구속으로 말미암아 하나님의 은혜로 값 없이 의롭다 하심을 얻은 자 되었느니라(로마서 3장 23~24절)"

하는 것이 아닙니다. 우리도 우리 부모가 훌륭하고 자랑스러워서 사랑하는 것은 아닙니다. 그렇다면 그것은 진정한 사랑이 아닙니다. 부모니까 사랑하는 것입니다. 낳고 길러 주신 것만으로도 그 은혜가 글자 그대로 호천망극昊天罔極입니다. 세상에서 가장 큰 불행은 은혜를 모르는 자식을 두는 것이라고 했습니다. 셰익스피어도 "은혜 모르는 자식을 두는 것은 독사에 물리는 것보다 고통스럽다"고 설파하고 있습니다. 부모님에 대한 사랑을 효孝라고 합니다. 동양에서는 효를 백행百行의 근본이라고 했습니다. 효를 행하는 것이 효도입니다. 성경에서 말하는 효도는 공경입니다.

하나님을 사랑하듯이 부모를 사랑하고, 하나님을 공경하듯이 부모를 공경하는 것이 우리의 효도입니다. 이것이 하나님이 주신 가장 큰 계명입니다.

"네 마음을 다하고 목숨을 다하고 뜻을 다하여 주 너의 하나님을 사랑하라 하셨으니 이것이 크고 첫째 되는 계명이요(마태복음 22장 37~38절)" 마태복음의 말씀이고, "자녀들아 너희 부모를 주 안에서 순종하라 이것이 옳으니라 네 아버지와 어머니를 공경하라 이것이 약속 있는 첫 계명이니(에베소서 6장 1~2절)" 에베소서에 나오는 말씀입니다.

(2005.)

설날 아침

저희가 이제는 더 나은 본향을 사모하니(히브리서 11장 16절)

•
•
•

　설날은 음력으로 따져 새해 첫날이기도 하여 예부터 우리나라의 가장 큰 명절로 쳐 왔습니다. 그래서 설날을 세수歲首, 세초歲初, 연초年初, 원단元旦이라고도 합니다. 설날은 조상님께 차례를 지내고, 집안 어른께 세배를 드리며 덕담을 주고받는 축복의 날로, 저마다 새해 포부를 다지는 소망의 날로 기념해 왔었습니다.

　그런데 올해 우리는 우리의 소중한 가족 한 사람을 저세상으로 보내고 그 이별의 슬픔을 채 추스르기도 전에 설날을 맞게 되었습니다. 그래서 금년 설은 우리 가족 모두에게는 특별한 사연, 특별한 의미를 가진 날이 되고 말았습니다.

　'설'이란 '낯설다'라는 말의 어근인 '설'에서 나온 말이라고 합니다. 그래서 '설날'은 '새해에 대하여 낯섦'이라는 의미와 '아직 익숙하지 않은 날'이라는 뜻을 동시에 가지고 있다고 합니다. 우리는 오늘 사랑하는 가족을 잃고 맞이하는 이 설날이 여느 해와는 달리 매우 낯설게 느껴지는 것이 사실입니다. 그것은 죽음을 축복으로 받아들이는 데 우리가 아직 익숙하지 않기 때문일 것입니다.

그러나 우리는 모두 천국의 소망을 안고 살아가는 하나님의 권속들입니다. '죽음은 영이 땅에 있는 장막 집인 이승의 몸을 떠나 천국 곧 하나님께서 직접 지으신 영원한 집으로 거처를 옮긴 것'이라고 성경은 가르치고 있습니다. "만일 땅에 있는 우리의 장막 집이 무너지면 하나님께서 지으신 집, 곧 손으로 지은 것이 아니요 하늘에 있는 영원한 집이 우리에게 있는 줄 아나니(고린도후서 5장 1절)"

천국은 우리 믿는 자들이 궁극적으로 지향하는 목적지입니다. 그래서 그곳이 우리의 본향이 되는 것입니다. "저희가 이제는 더 나은 본향을 사모하니 곧 하늘에 있는 것이라(히브리서 11장 16절)"고 성경도 이를 선포하고 있습니다. 찬송가에도 "나를 위해 예비하신 고향 집에 돌아가"라는 구절이 있습니다. 그러므로 우리의 사랑하는 아내요 누이요 어머니요 고모요 할머니인 고인은 이제 슬픔이 없고, 고통이 없고, 죽음이 없는, 우리의 본향인 천국으로 옮겨 하나님의 품에 안긴 것입니다. 육신이란 잠깐 머물다가 가는 장막 집에 불과한 것으로, 그것은 곧 사라질 안개와 같은 것입니다. "내일 일을 너희가 알지 못하는도다. 너희 생명이 무엇이뇨 너희는 잠깐 보이다가 없어지는 안개니라(야고보서 4장 14절)" 성경 말씀입니다. 그리고 그는 어느 날 아무 고통도 느끼지 못한 채 잠자듯 홀연히 그렇게 떠나갔습니다. 모든 인간적인 노력을 동원하여 그의 잠을 깨우려 했으나, 육신을 떠난 그의 영은 돌아오지 않았습니다. '최상의 죽음은 미리 예기치 않았던 죽음'이라고 합니다. 그런 의미에서 그는 그야말로 최상의 죽음을 한 것입니다. 그것은 하나님의 은총이었습니다.

그러므로 우리는 그의 죽음을 슬픔이 아니라 축복으로 받아들여야 하는 것이라고 생각합니다. 우리가 그의 죽음을 축복으로 받아들이는 데 익숙하지 못한 것은 우리의 믿음이 그만큼 부족하기 때문입니다.

설날은 또 '새로 시작하다', '새로 세우다'라는 뜻의 '서다'라는 말에서 파생한 말이라고도 합니다. 우리가 이 설날 아침에 함께 새로 세워야 할 것이 무엇이겠습니까? 그것은 부족한 우리의 믿음입니다. 하나님의 약속을 믿는 믿음입니다. '믿음은 들음에서 나며, 들음은 그리스도의 말씀으로 말미암는 것'이라고 성경은 가르치고 있습니다. 말씀은 영영 세세 변하지 않는 하나님의 약속입니다. 그래서 복음인 것입니다. "모든 육체는 풀과 같고 그 모든 영광은 풀의 꽃과 같으니 풀은 마르고 꽃은 떨어지되 오직 주의 말씀은 세세토록 있도다" 베드로전서 1장 24절, 25절의 말씀입니다. 그리고 "믿음은 바라는 것들의 실상이요 보지 못하는 것들의 증거(히브리서 11장 1절)"라고 성경은 가르치고 있습니다. 우리가 비록 보지 못하지마는 우리는 믿음을 통하여 천국의 실상을 알게 되었습니다. 또 믿음은 세상을 이기는 것이라고 성경은 선포하고 있습니다. "대저 하나님께로서 난 자마다 세상을 이기느니라. 세상을 이긴 이김은 이것이니 우리의 믿음이니라" 요한일서 5장 4절의 말씀입니다. 세상을 이긴다는 것은 죽음을 이기는 것입니다. 그것은 죽음이 곧 천국으로 거처를 옮기는 것이요, 천국에서의 재회를 기약하는 것이요, 다시 사는 것과 영원히 사는 것을 이루는 것을 말합니다. "너희는 마음에 근심하지 말라 하나님을 믿으니 또 나를 믿으라. 내 아버지 집에 거할 곳이 많도다. 내가 너희를 위하여 처소를 예비하러 가노니(요한복음 14장 1~2절)" 이 말씀은 대속의 짐을 지신 우리 주 예수 그리스도의 가르침이십니다. 그리고 또 말씀하십니다. "내가 곧 길이요 진리요 생명이니 나로 말미암지 않고는 아버지께로 올 자가 없느니라(요한복음 14장 6절)"

평소 마음을 다하고 성품을 다하고 힘을 다하여 주님을 섬기며, 주님이 곧 길이요 진리요 생명임을 온 세상에 전하며 살았던 우리의 사랑하는 아내요 누이요, 자랑스러운 어머니요 고모요 할머니였던 고인은 주님이 예비하신 그 집에 가 있음을 이제 우리는 믿어 의심치 않습니다. 그러므로 모든 것을 다시 세우는 이 설날 아침에 우리는 이제 이런 믿음을 강건히 세움으로써, 그의 죽음을 슬픔이나 절망이 아닌 기쁨과 축복으로 받아들이자고 우리 가족들은 경건히 손을 모았습니다.

십자가를 바라보며

•
•
•

행복한 예수 그리스도에게처럼
십자가가 허락된다면

모가지를 드리우고
꽃처럼 피어나는 피를
어두워 가는 하늘 밑에
조용히 흘리겠습니다.

(윤동주, 「십자가」 중에서)

    독일에 '독일의 피렌체'라고 불리는 '드레스덴'이라는 아름다운 도
시가 있습니다. 이곳은 군사적 목표가 될 만한 곳이라고는 아무 데도

찾을 수 없는, 순수한 예술의 도시요 종교의 도시였습니다. 그런데 이곳이 1945년 2월에 폭격을 당했습니다. 천 대가 넘는 폭격기를 동원하여 3회에 걸쳐 감행한 영·미 공군의 폭격으로 드레스덴은 7일 낮과 8일 밤을 불탔으며 13만여 명의 생명이 이 불더미 속에 사라져 갔다고 추정됩니다. 군사적 목표가 될 만한 곳이라고는 전무한 이곳의 폭격은 후에 그 폭격을 명령한 처칠 자신도 후회할 만큼 잔인한 살생이요, 무도한 파괴였습니다. 이 폭격으로 이곳에 있던 독일 최대의 프로테스탄트 교회인 '성모교회(프라우엔 교회)'도 잿더미로 바뀌었습니다. 짓는 데 6100여 일이 걸렸다는 이 교회가 와해되는 데 소요된 시간은 불과 6분 10초였다고 합니다. 이때 부서진 교회 건물의 잔해들은 거대한 산을 이룬 채 50년 동안 소중히 간직되어 왔었습니다. 그러다가 1994년부터 이 부서진 조각들을 하나하나 퍼즐처럼 짝을 맞추고 결손된 부분은 보충하여, 10여 년 만에 교회의 원형을 복원하였습니다. 이 교회를 복원하는 데 수많은 사람의 참여와 헌금과 헌신이 있었습니다. 그중에서도 특기할 일은 세계 노벨상 수상자들이 그 상금을 이 성모교회 복원에 희사해 왔다는 사실입니다. 그들은 그들의 영광을 여기에 바침으로써 인류가 저지른 죄악에 대하여 속죄하려 했을 것입니다. 그런데 이 잿더미 속에서 십자가 파편이 발견되었습니다. 노벨상 수상자들의 헌신과 헌금을 부러워하며 오랫동안 죄책감에 시달려 오던, 이 폭격에 참가했던 조종사들의 자녀들이 이 소식을 듣고 뜻을 모아 십자가 재건 운동을 전개하였습니다. 자신들의 재물을 바칠 뿐 아니라 앞장서 모금 운동을 벌였습니다. 그리하여 재건비 1억 3000만 유로 가운데 1억 유로를 모금하는 데 성공하여 길이 8미터, 무게 2.8톤의 십자가를 만들어 지난해 6월 22일 복원된 교회의 길이 25미터의 거대한 돔 위에 이것을 올리는 의식을 거행하였습니다. 이상은 도하 여러 신문들이 전해 준 내용을 요약한 것입니다.

이렇게 하여 사람들은 폐허를 딛고 복원된 교회 위에 우뚝 선 거대한 십자가를 다시 바라볼 수 있게 되었습니다.

십자가는 장식품이 아닙니다. 한낱 장식품을 위하여 그렇게 많은 재물과 시간과 노력을 쏟았을 리가 없습니다.

우리는 십자가를 통해 예수 그리스도를 바라보는 것입니다. 자신을 죽여 우리를 죄와 죽음에서 놓여나게 하신 예수의 위대한 사랑을 바라보는 것이며, 죽은 자 가운데서 다시 살아나시어 우리에게 부활의 소망을 심어 주시고 천국의 길을 열어 주신 예수의 부활을 바라보는 것입니다.

'바라보다'는 '바라다'와 '보다'가 합해서 된 말입니다. '바라다'는 소망을, '보다'는 행위를 나타내는 말입니다. 간절한 소망을 가지고 보는 것이 바로 '바라보는' 것입니다. 무엇이든 내가 간절한 소망을 가지고 바라보면, 그 대상이 나에게로 다가오거나 내가 그 대상에게로 다가갑니다. 그래서 그것이 하나가 되었을 때 소망이 이루어집니다. 이것을 '바라봄의 법칙'이라고 합니다.

우리가 십자가를 바라보는 것은 예수님께로 다가가고자 하는 우리의 소망이요 노력입니다. 이런 소망이 간절하고, 이런 노력이 지극하면 예수님은 우리를 향해 손을 내밀어 우리에게로 다가오십니다. 그런 예수님의 내미신 손을 잡는 것이 예수님을 영접하는 것입니다. 우리가 예수님을 영접하는 순간 예수님은 나의 주님이 되시고, 나의 능력이 되시고, 나의 구원자가 되십니다. 성경은 이 사실을 '십자가의 도가 구원을 받을 우리에게는 하나님의 능력이 된다'고 증언하고 있습니다. "십자가의 도가 멸망하는 자들에게는 미련한 것이요 구원을 얻는 우리에게는 하나님의 능력이라(고린도전서 1장 18절)"

성경은 우리가 예수를 믿는다는 것은 예수와 연합하는 자가 되는 것이고(로마서 6장 5절), 우리 마음속에 예수의 형상이 이루어져 영적 합일을 이루는 자가 되는 것이고(갈라디아서 4장 19절), 포도나무이신 예수의 가지가 되는 것이며(요한복음 15장 5절), 머리 되신 예수 그리스도의 지체가 되는 것이라고(고린도전서 6장 15절) 가르쳐 주고 있습니다. 이는 곧 예수를 닮아 예수와 하나가 된다는 뜻이 아니겠습니까? 예수와 하나가 되려면 무엇보다 예수의 십자가에 동참하는 자가 되어야 할 것입니다. "아무든지 나를 따라오려거든 자기를 부인하고 자기 십자가를 지고 나를 좇을 것이니라(마태복음 16장 24절)" 주님의 말씀입니다.

여기서 우리가 짊어져야 할 십자가가 무엇일까 하고 생각해 보았습니다. 예수님을 닮는다는 것은 반드시 예수님과 같아진다는 뜻은 아닐 것입니다. 우리가 예수님과 같아질 수는 없는 일이기 때문입니다. 우리가 십자가를 바라보면서 본받아야 할 것은 예수님의 사랑일 것입니다. 우리가 너무나 잘 아는 바와 같이 우리 주 예수 그리스도께서 주신 계명은 사랑입니다. "내 계명은 곧 내가 너희를 사랑한 것 같이 너희도 서로 사랑하라 하는 이것이니라(요한복음 15장 12절)" 이 것은 주님이 직접 하신 말씀입니다. 사랑은 언제나 헌신을 전제합니다. 십자가를 통한 예수님의 사랑이 그 본보기셨습니다. 헌신을 통한 사랑만이 순수한 열정이 될 수 있기 때문입니다. 그러므로 우리가 짊어져야 할 십자가는 사랑을 위한 헌신입니다. 헌신은 고통을 수반하는 법입니다. 때로는 핍박을 동반할 수도 있습니다. 인류에 대한 사랑뿐만 아니라 이웃에 대한 사랑, 부모 자식 간의 사랑, 형제자매 간의 사랑, 부부간의 사랑, 그 어떤 사랑이든 헌신을 전제하지 않는 사랑은 진정한 사랑이 아닙니다. 주님이 십자가를 통해 가르쳐 주신 사랑이 바로 이런 것입니다. 사랑은 자기를 죽여 상대방을 살리는 것입니다. 상대방의 몸을 살리고, 생명을 살리고, 영혼을 살리는 것입니다. 자기를 고집하는 곳에 사랑은 깃들지 않습니다.

드레스덴의 파괴를 보고 인류의 죄악을 생각한 노벨상 수상자들이 그들의 영광의 열매를 교회 재건에 바친 것이나, 폭격에 참가했던 사람들의 자녀들이 십자가 재건에 자신들의 몸을 던진 것이나 모두 십자가를 바라보는 마음의 열매였습니다. 우리가 꼭 베드로나 야고보나 스데반이 되어야 한다는 것은 아닙니다. 빅토르 위고는 장 발장의 입을 통해 "죽는 것은 아무것도 아니다. 한 번도 진정으로 산 적이 없었다는 것이 가장 큰 두려움이다"라고 했습니다. 우리 늙은 세대도 '정말 우리가 진정으로 산 적이 있었는지' 우리 자신을 돌아보아야 할 것입니다. 만약 그동안 우리가 베푼 사랑이 십자가 앞에 부끄럽지 않을 만큼 충분한 것이 아니었다면 우리는 진정으로 살았었다고 말할 수 없습니다. 만약 우리의 사랑이 나 자신이나 내 가족에게만 집착해 있었다면 우리는 진정으로 살았었다고 말할 수 없습니다. 이 세상에서 어려움이 없는 곳은 무덤뿐이라고 합니다. 그러나 어려움은 고난을 극복하는 힘이 되고, 핍박은 알곡과 가라지를 구별하는 슬기가 되는 법이라고 주님이 지신 십자가의 고난이 가르쳐 주고 있지 않습니까? 고난을 무릅쓴 사랑, 핍박을 이겨 낸 사랑이 고귀한 사랑입니다. 순교가 그렇고, 순국이 그렇고, 순애가 그렇습니다.

사람은 바라보는 만큼만 이루어진다고 합니다. 우리는 십자가를 바라보며 무엇을 어떻게 본받아야 할 것인가, 마음에 새기고 또 새겨야 할 것입니다.

새해가 밝았습니다. 새해에는 모두가 십자가를 바라보며 사는 삶이 되어야 하겠습니다. 십자가 사랑으로 진정한 삶의 의미를 찾고, 십자가 사랑으로 모든 고난을 이겨 내는 대망의 새해가 되도록 우리다 함께 기도합시다.

하나님의 은혜

하나님을 믿는다는 것은 하나님께서 내미신 손을 잡는 것이다.

●
●
●

바울 사도가 고린도 교인에게 보낸 편지 중에 "내가 그리스도를 본받는 자가 된 것같이 너희는 나를 본받는 자 되라(고린도전서 11장 1절)"고 한 내용이 있습니다.

바울은 기독교인 박해의 선두에 섰던 사람으로, 기독교인을 박해하기 위하여 다메섹으로 가던 길에 부활하신 예수님의 음성을 듣고 회심하여 사도가 된 사람입니다. 예수님을 박해하던 그 손으로 예수님이 내미신 손을 잡은 것입니다. 그리하여 '예수님을 본받는 자'가 되어 예수 그리스도를 전하는 데 그의 나머지 생애를 바쳤습니다. 그래서 바울은 자신의 삶이 곧 예수를 따르는 삶이니, 예수를 닮으려면 이런 자신의 삶을 본받는 자가 되라고 한 것입니다. 자기를 추종하라는 말이 아닙니다. 자기를 통해 예수를 닮으라는 말입니다. 예수를 믿는다는 것은 어떻게 보면 예수님을 닮아 가는 것을 뜻하는 것이 아니겠습니까? 예수님의 사랑을 닮아 가고, 예수님의 겸손을 닮아 가고, 예수님의 인내와 예수님의 온유를 닮아 가는 것 말입니다. 예수님이 바로 복음의 시작이자, 복음 그 자체이기 때문입니다. 우리에게는 누군가를 닮으려는 본능이 있습니다. 닮는다는 것은 누군가의 무엇을 표준으로 삼아 그것을 따르는 것을 말합니다. 겉을 따르는 경우도 있고, 속을 따르는 경우도 있습니다. 무조건 따르는 경우도 있고, 선택하여 따르는 경우도 있습니다. 겉을 무조건 따르는 것을 반사적 모방이라고 합니다. 어린아이가 좋고 나쁘고를 가리지 않고 어른 하는 짓을 따라 하는 것이 그 경우입니다. 반면 속을 따르되 의로운 것을 골라 따르는 것을 귀감龜鑑으로 삼는다고 합니다. 바울의 '나를 본받는 자가 되라'는 말은 '내 삶이 예수를 따르는 삶이니 내 삶을 귀감 삼아 참된 그리스도인이 되라'는 말입니다. 예수를 충실히 따르는 바울의 삶이 그대로 참된 그리스도인의 본이 되는 것이기 때문입니다.

바울은 고린도전서에서 "나의 나 된 것은 하나님의 은혜로 된 것(15장 10절)"이라고 했습니다. 바울은 하나님의 계시를 가장 많이 받은 사람이었습니다. 하나님은 그런 바울이 스스로 자만해질까 봐 간질, 안질, 학질 같은 각종 질병과 전도를 방해하는 대적들을 항상 함께하게 하셨습니다. 바울은 시도 때도 없이 겪어야 하는 이 육체의 고통과, 전도의 과정에서 만나는 그 엄청난 고난들을 고통이나 고난이라고 생각하지 않았습니다. 자신을 단련시키기 위하여 하나님께서 베푸신 은혜라고 생각했습니다. 그 모든 것이 결국은 하나님의 사랑에서 나온 것임을 믿고 있었기 때문입니다. 은혜란 사랑의 또 다른 이름이 아니겠습니까? 그래서 이를 감사히 받아들이며, 이를 토대로 끝없이 자신을 바꾸어 갔습니다. 그리고 그것은 복음을 전하는 크나큰 에너지가 되었습니다. 그래서 그는 '나의 나 된 것이 모두 하나님의 은혜'라고 당당히 말할 수가 있었던 것입니다.

바울은 빌립보서에서 "주 안에서 항상 기뻐하라(4장 4절)"고 가르치고 있습니다. 우리 주위에는 기쁜 일보다는 슬프고 짜증스럽고 분통 터지는 일이 더 많습니다. 그런 속에서 기뻐한다는 것이, 그것도 항상 기뻐한다는 것이 어찌 쉬운 일이겠습니까? 그러나 우리가 주님 안에 있을 때는 모든 것이 달라집니다. 주님은 우리의 처지나 환경을 바꾸어 주시는 것이 아니라, 바로 우리 자신을 바꾸어 놓으시기 때문입니다. 바울은 그것을 일러 준 것입니다.

바울 자신도 주님 안에서 철저히 바뀐 사람입니다. 그가 주님의 손을 잡는 순간 딴사람이 된 것입니다. 바울이 빌립보 교인들에게 이 글을 쓸 때 그는 감옥에 있었습니다. 그는 고된 감옥 생활을 겪으면서도 항상 기뻐하라고 권면할 수 있었습니다. 본인이 기뻐하지 않고 어찌 남에게 기뻐하라고 권할 수 있었겠습니까? 이것이 우리가 본받아야 할 바울의 삶의 한 모습일 것입니다. 자신이 주님 안에 거한다고 생각하는 것은 자신이 주님의 사랑 안에 있음을 확신하는 것인 동시에 하나님이 바로 살아 계신 '나의 아빠 아버지'심을 확신하는 것이 됩니다. 하나님이 바로 사랑 그 자체시기 때문입니다. 그런 하나님이 항상 내 곁에서 나를 붙들고 계시다는 것을 깨닫는 일 이상의 큰 기쁨이 어디에 있겠습니까? 주님이 내 손을 잡고 있는 한 나에게 일어나는 모든 것이 주님의 은혜 아닌 것이 없습니다. 떡을 달라는데 돌을 주실 아버지가 아니시기 때문입니다. 생선을 달라는데 뱀을 주실 아버지가 아니시기 때문입니다.* 그러므로 반드시 성공만이 은혜인 것은 아닙니다. 실패하는 것도 은혜일 수가 있습니다. 반드시 건강만이 은혜인 것이 아닙니다. 은혜로 병을 주시는 경우도 있습니다. 실패를 통해 하나님을 만나고, 병을 통해 하나님의 섭리를 깨닫는 경우가 얼마든지 있습니다. 하나님은 다시 일어서는 법을 가르치기 위하여 우리를 쓰러뜨리시기도 하고, 다시 태어나는 힘을 주시기 위하여 실패라는 선물을 주시기도 합니다. 이렇게 생각하면 세상에 은혜 아닌 것이 없고, 감사할 일 아닌 것이 없습니다. 은혜를 알고 감사를 드릴 줄 아는 사람에게 실패는 이미 실패가 아닙니다. 그것은 그대로 축복입니다. 마땅히 기뻐하고 즐거워할 일입니다. 성경 하박국서에서 이것을 잘 가르치고 있습니다.

"비록 무화과나무가 무성치 못하며 포도나무에 열매가 없으며 감람나무에 소출이 없으며 밭에 식물이 없으며 우리에 양이 없으며 외양간에 소가 없을지라도, 나는 여호와를 인하여 즐거워하며 나의 구원의 하나님을 인하여 기뻐하리로다(3장 17~18절)"

---

* "너희 중에 누가 아들이 떡을 달라 하면 돌을 주며, 생선을 달라 하면 뱀을 줄 사람이 있겠느냐(마태복음 7장 9~10절)"

너는 내 것이라

내가 너를 구속하였고 내가 너를 지명하여 불렀나니 너는 내 것이라(이사야서 43장 1절)

．
．
．

나는 지난달 23일 교통사고를 당했었습니다. 새로 난 일산 킨텍스 앞 도로에서였습니다. 정지신호를 받고 정지선에 서 있었습니다. 그러다가 무심코 백미러에 눈이 갔습니다. 그런데 이게 웬일입니까? 둔중하게 생긴 지프 한 대가 내 차를 향하여 마구 돌진해 오고 있는 것이 아닙니까. 정신이 어찔했습니다. '이거 큰일 났구나!' 생각하는 순간 꽝 하는 소리와 함께 차는 충돌하고 말았습니다. 미처 정신을 수습할 새도 없이 순식간에 일어난 일이었습니다. 나는 얼떨결에 핸들을 꽉 붙들었습니다. 그러면서 그 순간 나도 모르게 "하나님!" 하고 불렀던 기억이 났습니다. 차 뒷부분이 참혹하게 찌그러졌습니다. 놀라서 달려온 그 차 주인은 잠깐 딴생각을 하느라 내 차를 미처 보지 못했었다고 몇 번이나 허리를 굽히며 사과를 하고 있었습니다.

그런데 나는 별로 다친 것 같지 않았습니다. 병원에 가서 엑스레이

촬영을 해 보았으나 이상이 없다고 했습니다. 후유증도 없었습니다. 다들 하나님께서 도우신 것이라고 했습니다. 나도 그렇게 믿고 싶었습니다. 그러면서 그 다급한 순간에 '하나님'을 찾은 내가 더없이 대견스러웠습니다. 그것은 참으로 큰 은혜요 축복이라고 생각했습니다. 이때 내 입에서 나온 '하나님'이란 말은 그 어느 말보다도 더 절실한 나의 신앙고백이라고 생각했기 때문이었습니다. 그것은 또한 살아 계신 하나님께서 항상 곁에서 나를 지켜 주신다는 믿음의 표현이기도 했습니다. 비로소 내가 그리스도인이라는 사실을 실감하는 순간이었습니다. 나는 나의 이런 생각이 나를 퍽 행복하게, 편안하게, 매사에 감사하며 살아가게 만들고 있다고 생각했습니다. 내가 하나님의 자녀가 되어 있다는 사실이 그렇게 기쁠 수가 없었습니다. 내가 좀 더 일찍 이런 사실을 절실하게 깨달았더라면 내 가족이나 친지들에게 보다 적극적인 전도자가 되었을 텐데 하고 후회가 되기도 했습니다.

"너는 두려워 말라 내가 너를 구속하였고 내가 너를 지명하여 불렀나니 너는 내 것이라" 이사야서에 나오는 이 말씀은 하나님께서 고난에 처한 이스라엘 백성에게 하신 말씀입니다. 그리고 동시에 살아 계신 하나님께서 지금의 우리 모두에게 하시는 말씀이기도 합니다.

하나님께서는 우리 성도들에게 자신을 "너를 창조하신 여호와", "너를 지으신 이"라고 하신 다음에 이 말씀을 하셨습니다. 그리고 이 말씀은 다음과 같이 이어집니다.

"네가 물 가운데로 지날 때에 내가 함께할 것이라 강을 건널 때에 물이 너를 침몰치 못할 것이며, 네가 불 가운데로 행할 때에 타지도 아니할 것이요 불꽃이 너를 사르지도 못하리니(이사야서 43장 2절)"

나는 이 말씀이야말로 하나님께서 우리에게 내려 주신 귀하디귀한 축복의 말씀이라고 생각합니다. 이 말은 하나님께서 우리를 창조하셨을 뿐 아니라, 우리의 죄를 속량하시고 우리를 선택하시어 자신의 자녀로 삼으셨다는 말씀이기 때문입니다.

그렇습니다. 하나님은 우리의 창조주시고, 영원한 아빠 아버지십니다. 그러므로 우리의 아버지신 하나님께서는 언제나 우리를 사랑하시고, 우리를 바르게 인도하시고, 우리를 넉넉히 채워 주시고, 우리 곁에서 우리를 보호하여 지켜 주십니다. 우리에게 하나님은 이런 분이십니다. 그리고 꼭 그렇게 하시겠다고 하나님께서는 많은 약속을 우리에게 하셨습니다. 이 약속의 말씀이 곧 성경입니다. 성경이 복음인 이유가 여기에 있습니다. 지금 이 말씀도 그 수많은 약속 중의 하나입니다. 어떤 경우에도 우리를 보호하시고 지켜 주시겠다는 약속인 것입니다. 외아들 예수 그리스도를 우리 죄를 대신하여 죽게 하심으로써 우리에 대한 자기의 사랑을 확증하신 하나님의 사랑의 약속입니다. 성경에서도 '하나님은 사람이 아니시니 거짓말을 하지 않으시는' 분이라고 했고, 그러한 하나님께서 "어찌 그 말씀하신 바를 행하지 않으시며 하신 말씀을 실행하지 않으시랴(민수기 23장 19절)"라고 분명히 가르치고 있습니다. 이러한 약속을 굳게 믿고 그것에 의지하여 살아가는 것, 그것이 곧 믿음입니다. 우리가 믿음을 가질 수 있다는 것은 크나큰 은혜입니다. 이런 은혜는 오직 하나님을 영접한 자만이 누릴 수 있는 축복입니다. 성경은 "영접하는 자 곧 그 이름을 믿는 자들에게는 하나님의 자녀가 되는 권세를 주셨다(요한복음 1장 12절)"고 이것을 증언하고 있습니다.

하나님은 항상 우리 곁에 계십니다. 우리가 손만 벌리면 언제든지 그 품에 우리를 안아 주십니다. "볼지어다 내가 문밖에 서서 두드리노니 누구든지 내 음성을 듣고 문을 열면 내가 그에게로 들어가 그로 더불어 먹고 그는 나로 더불어 먹으리라" 이것은 요한계시록(3장 20절)에 나오는 하나님의 약속입니다. 하나님은 또 이렇게 약속하셨습니다. "두려워 말라 내가 너와 함께함이니라. 놀라지 말라 나는 네 하나님이 됨이니라. 내가 너를 굳세게 하리라. 참으로 너를 도와주리라. 참으로 나의 의로운 오른손으로 너를 붙들리라(이사야서 41장 10절)"

나에게 내미시는 '하나님의 의로운 오른손'을 잡는 것, 그것이 곧 영원으로 통하는 행복을 잡는 것입니다.

감사

너희는 감사하는 자가 되라(골로새서 3장 15절)

●
●
●

    수술을 마치고 중환자실에 누워 있는데 불현듯 어머니 생각이 났습니다. 의식이 돌아오면서 엄습하기 시작한 고통을 잊기 위하여 나는 열심히 주기도문을 외우고 있었습니다. 그런데 비몽사몽 중에 어디선가 '걱정 마라. 겁내지 마라' 하는 소리가 들려오는 것 같았습니다. 혹 하나님 목소리가 아닌가 했지만, 그것은 하나님 목소리가 아니라 뜻밖에도 귀에 익은 어머니 목소리였습니다. 다급한 아이가 어머니를 찾듯, 나도 무의식중에 어머니를 부르고 있었는지 모릅니다.

    하나님이 어머니의 모습으로 나를 찾아오셨는지, 어머니가 하나님의 모습으로 찾아오셨는지 어쨌든 몽롱한 가운데 나는 그 소리에 구원이라도 받은 듯 고통을 견뎌 내기가 조금씩 수월해지기 시작했습니다. 차차 의식이 뚜렷해지면서 이번에는 어머니의 모습이 떠올랐습니다. 그것은 평시와는 달리 매우 선명한 모습이었습니다. 어머니는 걱정스러운 표정으로 나를 들여다보고 계셨습니다. 그 뒤로 가족들의 모습이 보였습니다. 아내의 모습이 보이고, 아이들의 모습이 보이고, 동생들의 모습이 떠올랐습니다. 친구들의 모습이 하나씩 떠오르고, 목사님을 위시하여 교우들의 모습이 주마등처럼 명멸했습니다. 모두가 기도하는 모습들이었습니다. 어머니를 필두로 많은 사람들의 염려와 기도가 나에게 힘을 실어 주었습니다. 일반 병실로 돌아올 때까지, 아니 일반 병실에서도 이 모습들은 한시도 나를 떠나지 않았습니다. 어느 틈에 그것은 나를 지탱하는 든든한 버팀목이 되어 있었습니다. 그러면서 나는 퍽 행복한 사람이구나 하는 생각을 했습니다. 모두가 그렇게 고마울 수가 없었습니다. 나를 사랑하는 사람들이 주위에 넘치고 있구나 생각하니 감사하는 마음을 주체할 수가 없었습니다. 내가 수술을 한 그것까지도 나에게 이런 마음을 심어 주기 위한 주님의 배려일지도 모른다는 생각을 했습니다.

이것은 단순한 관념으로서가 아닌 너무나 절실한 깨달음이었습니다. 감사할 대상이 있다는 것이, 감사할 줄 아는 마음을 가진다는 것이 얼마나 큰 축복인가를 절실히 깨달았습니다. '범사에 감사하라'고 가르치신 주님의 말씀이 떠올랐습니다. 어머니의 목소리와 어머니의 모습은 나에게 감사하는 마음을 일깨워 주는 씨앗이 되었습니다. 이것은 하나님께서 어머니를 통해 주신 복음이었습니다. "그리스도의 평강이 너희 마음을 주장하게 하라", "너희는 감사하는 자가 되라"는 말씀이 나를 사로잡았습니다. 내가 되찾은 평강이 그리스도의 평강이라는 확신이 나를 더없이 기쁘게 했습니다. 하나님은 이것

을 가르치시고, 어머니는 이것을 일깨워 주셨습니다. 나는 하나님의
전령으로서의 어머니를 처음으로 깨달음으로 인식하게 되었습니다.
참으로 행복한 발견이라고 생각하며 감사하고 있습니다. 우리의 마
음속에 감사하는 마음을 잃지 않는 한, 어머니는 언제나 우리와 함께
계실 것입니다.

환난과 소망

우리가 환난 중에도 즐거워하나니 이는 환난은 인내를, 인내는 연단을, 연단은 소망을
이루는 줄 앎이로다(로마서 5장 3-4절)

●
●
●

인생을 살다 보면 누구나 어려움에 부딪힐 때가 있습니다. 비록 우리가 하나님의 은총을 입은 하나님의 자녀가 되었다고 하더라도 생활 중에 다가오는 이러한 어려움으로부터 완전히 자유로울 수는 없습니다. 이것이 하나님께서 안배하신 섭리이기 때문입니다. 우리 중에도 영육 간에 얼마간 이런 어려움을 겪는 사람이 있을 것입니다. 질병의 고통에 시달리는 사람도 있을 것이고, 사랑과 믿음에 틈이 생겨 괴로워하는 가족도 있을 것이고, 직장 문제로 고민에 빠져 있는 사람도 있을 것이고, 경제적 불안에서 놓여나지 못해 가슴을 졸이는 사람도 있을 것입니다. 어려움은 언제나 여러 가지 형태의 환난으로 다가옵니다. 하나님께서 우리에게 이런 환난을 주시는 것은 우리에 대한 하나님의 또 다른 배려입니다. 하나님께서는 바울의 입을 빌려 '환난은 인내를, 인내는 연단을, 연단은 소망을 이루는 것' 이라고 가

르치고 있습니다. 그러므로 환난도 하나님이 주신 선물입니다. 그것은 우리를 단련시켜 진정한 소망을 이루게 하기 위한 하나님의 사랑이요 은혜인 것입니다. 그러면 우리의 참된 소망은 무엇이겠습니까? 그것은 우리가 하나님이 주신 진정한 기쁨과 평강을 누림으로써 하나님께 영광 돌리는 삶을 사는 것입니다. 하나님이 바로 기쁨과 평강의 원천이 되십니다. 그러므로 우리의 소망은 당연히 하나님께 있습니다. 시편 39편 7절에서 다윗은 "주여 내가 무엇을 바라리오. 나의 소망은 주께 있나이다"라고 부르짖고 있습니다. 하나님을 제쳐 놓고 기쁨과 평강을 바라는 것은 허망한 신기루를 좇는 것과 같습니다.

하나님은 성경에서 '보이는 소망이 소망이 아니니 보는 것을 바라지 말라'고 경고하고 계십니다. "우리가 소망으로 구원을 얻었으매 보이는 소망이 소망이 아니니 보는 것을 누가 바라리요(로마서 8장 24절)"

그런데 우리는 언제나 보이는 것에서만 소망을 찾으려 합니다. 그래서 진정한 기쁨과 평강은 항상 우리를 비껴가는 것입니다. 우리가 붙잡았다고 생각하는 행복이란 지나고 보면 허망한 것이고, 언제나 목마른 것이었음을 우리가 실제로 겪고 있지 않습니까? 다만 어리석은 우리 중생들이 그것을 깨닫지 못하고 있을 뿐입니다. 그래서 하나님께서는 "이 세상이나 세상에 있는 것들을 사랑하지 말라 누구든지 세상을 사랑하면 아버지의 사랑이 그 속에 있지 아니하니(요한일서 2장 16절)"라고 요한의 입을 빌려 선언하고 있습니다.

하나님께서 우리에게 고난과 어려움을 주시는 것은 소망의 근원이 어디 있는가를 깨닫게 함으로써, 우리에게 더 큰 것으로 채워 주시기 위해서입니다. 우리가 우리의 소망이 하나님께 있다는 사실을 깨닫는 순간 우리가 비록 가난해도, 우리가 비록 병들어도, 우리가 비록 세상의 영화를 누리지 못해도 우리는 이미 진정한 기쁨과 평강을 누리는 존재가 됩니다. "너희를 위한 우리의 소망이 견고함은 너희가 고난에 참예하는 자가 된 것같이 위로에도 그러할 줄을 앎이라(고린도후서 1장 7절)"고 하나님은 우리를 깨우치고 계십니다.

동쪽에 떠오르는 태양이 아름다운 것은 밤을 참고 어둠을 견뎠기 때문입니다. 광야에 만발한 들꽃이 아름다운 것은 모진 바람을 견뎌내고 아름다운 꽃을 피웠기 때문입니다.

어려움이나 고난을 딛고 일어선 소망이 진정 값진 소망입니다.

지금 우리가 겪는 이 어려움이나 고난은 우리의 소망을 하나님께로 돌리기 위한 하나님의 사랑이라는 사실을 진정으로 받아들일 때, 우리는 이 세상의 어떤 것으로도 채울 수 없는 아름답고 풍요한 소망의 꽃을 피우게 되는 것입니다. 그러나 이것은 그냥 얻어지는 행운은 아닙니다. 우리가 몸과 마음과 뜻을 다하여 하나님께 기도하며, 부르짖으며, 찾고 찾아야 얻어지는 꽃입니다. 하나님은 예레미야 29장(11~13절)에서 "여호와의 말씀이니라. 너희를 향한 나의 생각은 내가 아나니 평안이요 재앙이 아니니라. 너희에게 미래의 희망을 주는 것이니라. 너희가 내게 부르짖으며 내게 와서 기도하면 내가 너희들의 기도를 들을 것이요 너희가 온 마음으로 나를 구하면 나를 찾을 것이요 나를 만나리라"고 약속하셨습니다. 하나님의 약속을 믿는 것이 곧 하나님을 믿는 것입니다. 하나님을 믿고 의지하는 것이 거듭남입니다.

새해에는 우리 모두가 이러한 하나님의 약속에 의지하여, 있는 힘을 다하여 하나님께 부르짖어 기도하며, 우리의 소망을 하나님을 통해 찾는 성숙한 신앙인이 되도록 다 같이 노력합시다.

여호와는 나의 목자시니

그로 그들 앞에 출입하며 그들을 인도하여 출입하게 하사
여호와의 회중으로 목자 없는 양과 같이 되지 않게 하옵소서(민수기 27장 17절)

∙
∙
∙

"여호와는 나의 목자시니 내게 부족함이 없으리로다. 그가 나를 푸른 풀밭에 누이시며 쉴 만한 물가로 인도하시는도다. 내 영혼을 소생시키시고 자기 이름을 위하여 의의 길로 인도하시는도다. 내가 사망의 음침한 골짜기로 다닐지라도 해를 두려워하지 않을 것은 주께서 나와 함께하심이라 주의 지팡이와 막대기가 나를 안위하시나이다. 주께서 내 원수의 목전에서 내게 상을 차려 주시고 기름을 내 머리에 부으셨으니 내 잔이 넘치나이다. 내 평생에 선하심과 인자하심이 반드시 나를 따르리니 내가 여호와의 집에 영원히 살리로다.(시편 23편 1~6절)"

이 말씀은 우리 어머니께서 생전에 즐겨 외우시던 다윗의 시입니다. 나는 어머니 생각이 날 때면 혼자 가만히 이 시를 따로 외워 보곤 합니다. 그러면 눈 감고 긴 기도에 잠겨 계시는 어머니 모습이 떠오

릅니다. 그렇게 완강하시던 우리 어머니께서 그렇게 갑자기 하나님을 영접하게 되신 것이 어쩌면 이 시 때문일지도 모른다는 생각을 할 때도 있습니다. 성경 말씀 한 구절이 은혜가 되어 인생을 바꾸어 놓는 경우가 얼마든지 있기 때문입니다. 그만큼 우리 어머니는 이 시를 좋아하셨습니다.

이 시에서와 같이 하나님과 성도를 목자와 양의 관계로 비유하는 내용의 말씀이 성경에는 많이 있습니다. 이사야서 40장 11절에서는 하나님을 일컬어 "그는 목자같이 양 떼를 먹이시며 어린 양을 그 팔로 모아 품에 안으시며 젖 먹이는 암컷들을 온순히 인도하시리로다"라고 말씀하고 있습니다. 양은 그 태생부터가 어리석어, 목자 없이는 한시도 살아갈 수 없는 동물이라고 합니다. 양들은 지금 제가 가고 있는 길이 풀이 없는 메마른 땅으로 향하는 길인지, 맹수가 도사리고 있는 험한 골짜기로 향하는 길인지 알지도 못하면서 제 길만을 고집하는 어리석은 속성을 가지고 있습니다. 이런 양들을 보살피고 보호하여 이들을 푸른 풀밭에 눕게 하며, 쉴 만한 물가로 인도하는 자가 목자입니다. 푸른 풀밭은 연하고 부드러운 풀이 많아 언제나 배불리 먹을 수 있는 목장이고, 쉴 만한 물가는 이들 양들이 마음 놓고 물을 마시며 안주할 수 있는 곳입니다. 그러나 이곳은 양들이 그들의 힘으로 쉽게 도달할 수 있는 그런 곳이 결코 아닙니다. 그들은 어리석어 언제나 그릇된 길을 갑니다. 성경에서도 '그릇 행하여 각기 제 길로 간다'고 했습니다. 그들이 가는 곳은 사나운 맹수들이 득실거리는 위험한 골짜기일 수도 있고, 흉포한 도둑들이 진을 치고 기다리는 사망의 음침한 골짜기일 수도 있습니다. 그래서 이런 양들에게는 선한 목자가 필요한 것입니다. 목자는 이런 양 무리들이 길을 잘못 들지 않도록, 해害를 당하지 않도록 지팡이와 막대로 지키고 보호하며 바른길, 즉 푸른 초원과 쉴 만한 물가가 있는 곳으로 인도하는 것입니다.

다윗은 '여호와 하나님은 나의 목자'시라고 했습니다. 그것은 다윗이, 아니 우리 모두가 바로 어리석은 양과 같아서 주님의 인도 없이는 살아갈 수 없는 존재라는 고백이기도 합니다. 우리는 또한 양같이 어리석은 존재일 뿐 아니라, 그 영혼이 죄에 젖어 헤어나지 못하고 있는 죄인들이기도 합니다. 그렇습니다. 우리는 하나님 앞에 모두가 죄인입니다. 로마서 3장 23절에서 "모든 사람이 죄를 범하였으매 하나님의 영광에 이르지 못하더니"라고 이 사실을 확실히 지적하고 있습니다. 그래서 다윗은 이 목자는 우리의 영혼을 소생시켜 의義의 길로 인도한다고 한 것입니다. 우리의 영혼을 소생시킨다는 것은 죄악에 젖어 있는 우리의 영혼을 일깨워 새로운 영으로 거듭나게 하는 것이고, 의義의 길이란 죄악 가운데 있는 우리가 회개하여 하나님의 뜻에 순종하며 사는 삶을 말합니다. 죄 중에 가장 큰 죄는 하나님께 불순종하는 죄입니다. 선한 목자 하나님께서는 이를 위하여 스스로 육신이 되어 우리 곁으로 오셔서 우리의 죄를 대신 짊어지시기도 하셨습니다. 이사야서 53장 6절에서 "우리는 다 양 같아서 그릇 행하여 각기 제 길로 갔거늘 여호와께서는 우리 모두의 죄악을 그에게 담당시키셨도다"라고 했습니다. 그리고 요한복음 10장 11절에서는 예수께서 "나는 선한 목자라 선한 목자는 양들을 위하여 목숨을 버린다"고 하셨고, 스스로 그것을 실천하셨습니다. 위대한 십자가 구속의 역사는 이렇게 하여 이루어진 것입니다.

여호와는 영원한 우리의 목자십니다. 우리를 죄에서 건져 주시고 풍성한 은총으로 우리를 이끌어 주시는, 언제나 한결같은 선한 목자십니다. 그러므로 우리가 하나님을 우리의 목자로 영접하는 것은 더할 수 없이 큰 축복이요 구원입니다. 그것이야말로 하나님의 위대한 사랑이요, 값 없이 주시는 선물인 것입니다. 그래서 다윗은 '부족함이 없다'고 했고, '여호와의 집에 영원히 살겠다'고 고백한 것입니다. 이제 우리도 다윗처럼 '하나님은 나의 목자'라고 진심으로 고백해야 하겠습니다. 그분은 언제나 살아 계시는 우리의 영원한 목자시요, 아빠시며 아버지시기 때문입니다. "영접하는 자 곧 그 이름을 믿는 자들에게는 하나님의 자녀가 되는 권세를 주셨다(요한복음 1장 12절)"라고 성경도 가르치고 있습니다.

우리 어머니께서는 늦게나마 여호와를 자신의 목자로 맞아들여, 그분을 섬기는 데 몸과 마음과 정성을 다하셨습니다. 나는 성경을 앞에 놓고 깊은 묵상에 잠겨 계시는 어머니의 경건한 모습을 자주 뵐 수 있었습니다. 눈 감고 간절히 기도하시는 모습을 보고, 무엇을 빌고 계실까 하고 생각해 보기도 했었습니다. 기도 내용이 꼭 당신의 자식이나 손자나 그 밖의 가족들에 관한 것만은 아닐 것이라고 생각했습니다. 자식이라면 끔찍하셨던 분이시기는 했지만, 그 경건한 모습 속에서 나는 단지 우리 어머니만이 아닌 보다 큰 어머니를 뵐 수 있었기 때문입니다.

뒤늦게 여호와를 목자로 택하신 우리 어머니께서는 주님 사랑 안에서 그야말로 부족함이 없는 만년을 보내셨으며, 지금은 여호와의 집에 영원히 사실 것이라고 나는 믿고 있습니다.

"여호와는 나의 목자시니 내게 부족함이 없으리로다"

나는 오늘도 어머니를 생각하며 이 말씀을 가만히 외어 봅니다.

반석 위에 짓는 집

좁은 문으로 들어가기를 힘쓰라 내가 너희에게 이르노니
들어가기를 구하여도 못 하는 자가 많으리라(누가복음 13장 24절)

●
●
●

　근래 세계 도처에서 믿기 어려운 일들이 잇달아 일어나고 있습니다. 동남아 일대를 휩쓸어 수십만 명의 생명을 앗아 간 쓰나미, '재즈의 도시' 뉴올리언스를 순식간에 물속에 잠긴 유령의 도시로 바꾸어 버린 초강력 허리케인 카트리나, 350만 명의 이재민을 낸 파키스탄의 강진을 위시하여 일본, 태국 등 아시아 전 지역에서 계속 일어나고 있는 지진과 해일. 그리고 온 세계를 공포의 도가니로 몰아넣은 '21세기 흑사병'으로 불리는 조류독감, 우리나라 남부 일대를 뒤덮은 태풍과 폭설 등의 자연재해. 또 9·11 테러 사건을 위시하여 그와 방불한 영국 이슬람계의 런던 연쇄 폭탄 테러, 이라크 지역의 자살 테러, 지구촌 여러 곳에서 끊임없이 일어나고 있는 인종 갈등 등의 인재. 이런 모든 재난들은 사람들이 세상 삶에 취하여 죄의 질곡에서 헤어나지 못하기 때문에 생긴 하나님의 진노의 결과라고 합니다. 그래서 이것을 말세의 증후이며, 예수님 재림에 대한 엄중한 경고라고 말하기도 합니다. 바야흐로 심판의 날이 다가오고 있다는 뜻이라고 들 합니다.

그런데 이 말들이 요즘처럼 절실히 실감되는 때가 없었습니다. 예수님은 아무도 모르게 어느 날 갑자기 오신다고 했습니다. 계시록 3장 3절에 "네가 어떻게 받았으며 어떻게 들었는지 생각하고 지켜 회개하라. 만일 일깨지 아니하면 내가 도둑같이 이르리니 어느 때에 네게 이르는지 네가 알지 못하리라"고 가르치고 있습니다. 그동안 우리는 세상 영욕의 포로가 되어 그릇된 길을 걸어왔었습니다. 성경에서도 "우리는 다 양 같아서 그릇 행하여 각기 제 길로" 가고 있다고 지적하고 있습니다.

"좁은 문으로 들어가라 멸망으로 인도하는 문은 크고 그 길이 넓어 그리로 들어가는 자가 많고 생명으로 인도하는 문은 좁고 길이 협착하여 찾는 이가 적음이니라(마태복음 7장 13~14절)" 성경 말씀입니다.

이 말씀에는 우리가 선택해야 하는 삶의 길이 두 가지라 했습니다. 하나는 좁은 문으로 들어가는 길이요, 다른 하나는 넓은 문으로 들어가는 길입니다.

좁은 문은 예수님을 믿고 구원을 얻어 영생하는 문입니다. 그러나 육신의 눈으로 볼 때 그 문은 좁고, 가는 길이 협착하므로 찾는 이가 심히 적습니다. 반면에 넓은 문은 크고, 그 길이 넓어 들어가는 자가 많습니다. 그러나 그 문은 멸망으로 인도하는 문입니다. 그러므로 우리는 멸망으로 인도하는 넓은 문을 버리고, 구원으로 인도하는 좁은 문을 선택해야 할 것입니다. 다시 말하면 세상의 문을 버리고, 주님의 문으로 들어가야 한다는 말입니다. "이 세상이나 세상에 있는 것들을 사랑하지 말라 누구든지 세상을 사랑하면 아버지의 사랑이 그 속에 있지 아니하니 이는 세상에 있는 모든 것이 육신의 정욕과 안목의 정욕과 이생의 자랑이니 다 아버지께로부터 온 것이 아니요 세상으로부터 온 것이라(요한일서 2장 15~16절)"고 성경에서도 가르치고 있습니다.

주님의 문으로 들어가야 주님을 만날 수 있습니다. 주님은 항상 우리 문밖에서 우리를 기다리고 계십니다. "볼지어다 내가 문밖에 서서 두드리노니 누구든지 내 음성을 듣고 문을 열면 내가 그에게로 들어가 그로 더불어 먹고 그는 나로 더불어 먹으리라" 계시록 3장 20절의 말씀입니다.

'문을 연다'는 것은 우리가 주님의 말씀을 듣고, 그 약속을 믿고, 말씀대로 살기로 결단하는 것을 말합니다. 말씀은 우리 삶의 지침이요, 그 약속은 우리 삶의 목표가 되기 때문입니다. 시편에서는 "주의 말씀은 내 발에 등이요 내 길에 빛이니이다(119편 105절)"라고 했고, 디모데후서에서는 "모든 성경은 하나님의 감동으로 된 것으로 교훈과 책망과 바르게 함과 의로 교육하기에 유익하다(3장 16절)"고 하여 이런 사실을 증명하고 있습니다. 그러므로 우리는 날마다 성경 말씀을 읽고 묵상하고 기도함으로써, 어느 길을 택하여 어디에 우리 인생의 집을 지을 것인지 그 선택의 답을 찾아야 할 것입니다.

주님은 우리의 짐을 대신 져 주시기 위하여 오셨습니다. "수고하고 무거운 짐 진 자들아 다 내게로 오라 내가 너희를 쉬게 하리라(마태복음 11장 28절)" 주님의 가르침입니다.

또 주님은 우리의 죄를 사하시기 위하여 스스로 죽음을 택하셨습니다. 이사야서에서는 이를 이렇게 증언하고 있습니다. "그가 찔림은 우리의 허물을 인함이요 그가 상함은 우리의 죄악을 인함이라 그가 징계를 받음으로 우리가 평화를 누리고 그가 채찍에 맞음으로 우리가 나음을 입었도다(53장 5절)"

주님은 우리를 구원하여 영생의 길로 인도하기 위하여 오셨습니다. "내가 진실로 진실로 너희에게 이르노니 내 말을 듣고 또 나 보내신 이를 믿는 자는 영생을 얻었고 심판에 이르지 아니하나니 사망에서 생명으로 옮겼느니라" 요한복음 5장 24절의 말씀입니다.

결국 우리가 선택해야 하는 길은 '하나님의 말을 듣고, 하나님께서 보내신 이를 믿는' 믿음의 길입니다. 믿음은 하나님이 주신 은혜의 선물입니다. 에베소서에서 바울은 이를 이렇게 증언하고 있습니다. "너희는 그 은혜에 의하여 믿음으로 말미암아 구원을 받았으니 이것은 너희에게서 난 것이 아니요 하나님의 선물이라(2장 8절)"

근래 우리가 겪고 있는 이 여러 재난들은 우리가 하나님이 주신 선물인 믿음의 길을 저버리고, 사단이 지배하는 세상의 길을 택하고 있기 때문에 일어나는 하나님의 진노의 결과입니다. 이로 미루어 우리가 선택해야 하는 길이 어떤 길이어야 하는가는 자명해졌습니다. 주님을 믿고 그에게 우리의 모든 것을 의탁하는 것, 그것이 우리가 택해야 할 진정한 우리의 길입니다.

예수님은 '산상수훈'을 다 마치신 후 "나의 이 말을 듣고 행하는 자는 그 집을 반석 위에 지은 지혜로운 사람과 같고, 나의 이 말을 듣고도 행하지 아니하는 자는 그 집을 모래 위에 지은 어리석은 자와 같다(마태복음 7장 24~27절)"고 결론적으로 말씀하셨습니다. 그러므로 우리는 말씀을 듣고, 그 말씀대로 실천하여 반석 위에 인생의 집을 지어야 하겠습니다. 그래야 우리는 끊임없이 우리를 조여 오는 이 세상의 온갖 두려움에서 자유로워질 수 있을 것입니다. 이제 우리 모두 온갖 세상의 짐을 주님 앞에 내려놓고 말씀을 따라 살아가는, 축복받는 하나님의 권속이 되어야 하겠습니다.

예수님의 울음

그는 육체에 계실 때 자기를 죽음에서 능히 구하실 이에게
심한 통곡과 눈물로 간구와 소원을 올렸고(히브리서 5장 7절)

∴

단정하고 근엄한 몸가짐, 우수 어린 고독한 눈빛, 연민과 고뇌에
찬 얼굴. 이런 것들이 성경을 통해 상상할 수 있는 예수님의 모습입
니다.

성경 어디에도 예수님이 웃으셨다거나 미소를 지으셨다는 기록은
없습니다. 그렇다고 예수님께서 전혀 웃지 않으셨다고는 생각할 수
없습니다. 항상 민중들과 더불어 동고동락同苦同樂하셨던 예수님이시
니까, 민중과 함께 웃기도 하시고 울기도 하셨을 것이라 상상하는 것
이 결코 무리는 아닐 것입니다.

물고기 두 마리와 보리떡 다섯 개로 5천 명을 먹였을 때, 앉은뱅이
가 일어났을 때, 장님이 눈을 뜨고 벙어리가 말을 했을 때, 귀신들린
자의 몸에서 귀신이 물러나고 죽은 자가 살아났을 때 아무리 예수님

이시라도 회심의 미소를 조금은 짓지 않았겠습니까?

제자들과 더불어 담소하며 밀밭 사이를 거니실 때, 이방인과 어울려 식사하실 때, 많은 무리들이 자신의 설교를 즐겁게 듣는 것을 보셨을 때 아마 모르면 몰라도 그들과 더불어 웃으시기도 하고, 웃기시기도 하셨을 것입니다.

예수님은 인간으로 오셨고, 더구나 유난히 웃음과 유머를 좋아하는 유대인으로 오셨기 때문입니다.

레오날드 스위트라는 사람이 『예수님의 건강 십계명』이라는 책에서 제시한 제1계명이 '많이 웃으라'는 것이고, 제7계명이 '잔치하는 기분으로 살라'는 것이라고 합니다. 결국 즐겁고 행복하게 살라는 것이 아니겠습니까? 그것이 우리를 사랑하시는 예수님의 뜻일 테니까 말입니다. 잔치 마당에는 웃음이 넘쳐야 어울립니다. 웃음이 바로 즐거움의 표징表徵이기 때문입니다.

그런데도 예수께서 웃으셨다는 기록은 없습니다. 어쩌면 웃지 않으셨다는 것이 사실일지도 모릅니다. 웃지 않으신 것이 아니라, 웃지 못하셨다고 하는 편이 옳을지도 모르겠습니다.

거짓 증인들의 끊임없는 모함과 유대인들의 지칠 줄 모르는 질시와 핍박을 견디시면서, 당신을 죽이려는 자들을 피해 갈릴리 호숫가를 방황하시면서, 스승의 참뜻을 알지 못하고 무조건 추종하겠다고 호기만 부리는 미련한 제자들을 나무라시면서, 당신을 배반하려는 제자를 눈앞에 두고 지켜보면서……. 그분의 3년간의 행적은 웃으려야 웃을 수 없는 고뇌에 찬 허허로운 고독의 역정歷程이었을 테니까 말입니다.

그런 예수께서 울음에는 인색하지 않으셨습니다.

예수께서는 마리아와 마르다의 오라비요, 자신의 친구인 나사로의 죽음 앞에서 눈물을 흘리셨습니다.

"마리아가 예수 계신 곳에 와서 뵈옵고 그 발 앞에 엎드리어 이르되 '주께서 여기 계셨더라면 내 오라버니가 죽지 아니하였겠나이다' 하더라. 예수께서 그가 우는 것과 또 함께 온 유대인들이 우는 것을 보시고 심령에 비통히 여기시고 불쌍히 여기사 이르시되 '그를 어디 두었느냐' 이르되 '주여 와서 보옵소서' 하니 예수께서 눈물을 흘리시더라(요한복음 11장 32~35절)"

그것은 가족이나 친지의 죽음에 절망하고 있는 인정 앞에 흘리는 연민의 눈물이요, 죽음 앞에서 무력하기 짝이 없는 인간의 연약함을 불쌍히 여기는 긍휼의 눈물이었을 것입니다.

예수께서는 회개하지 않는 예루살렘 성을 내려다보면서도 우셨습니다. 예수께서는 감람산 서쪽 언덕에 서서 눈앞에 전개되는 예루살렘 성의 모습을 바라보고 계셨습니다. 장엄한 성전과 왕궁, 그리고 큰 성벽 등은 예루살렘의 영화를 잘 말해 주고 있었습니다. 그러나 예수께서는 그 속에 넘치고 있는 불법과 죄악을 보셨습니다.

"가까이 오사 성을 보시고 우시며 이르시되 너도 오늘 평화에 관한 일을 알았더라면 좋을 뻔하였거니와 지금 네 눈에 숨겨졌도다. 날이 이를지라 네 원수들이 토둔을 쌓고 너를 둘러 사면으로 가두고 또 너와 및 그 가운데 있는 네 자식들을 땅에 메어치며 돌 하나도 돌 위에 남기지 아니하리니 이는 네가 보살핌 받는 날을 알지 못함을 인함이니라 하시니라(누가복음 19장 41~44절)"

예수께서는 장차 예루살렘 백성들이 겪을 환난을 생각하고 우셨으며, 예루살렘 성의 몰락을 예견하고 눈물을 흘리셨습니다. 그것은 유대인이셨던 예수님의, 나라를 생각하는 충정의 눈물이요 민족을 걱정하는 겨레 사랑의 눈물이었습니다.

겟세마네 동산에 올라가서 하나님께 기도하실 때, 고민하고 슬퍼하셨다고 했습니다.

"이에 예수께서 제자들과 함께 겟세마네라 하는 곳에 이르러 제자들에게 이르시되 내가 저기 가서 기도할 동안에 너희는 여기 앉아 있으라 하시고 베드로와 세베대의 두 아들을 데리고 가실새 고민하고 슬퍼하사 이에 말씀하시되 내 마음이 심히 고민하여 죽게 되었으니 너희는 여기 머물러 나와 함께 깨어 있으라 하시고(마태복음 26장 36~38절)"

예수께서는 조금 나아가 얼굴을 땅에 대고 엎드려 "만일 할 만하시거든 이 잔을 내게서 지나가게 하옵소서 그러나 나의 원대로 마시옵고 아버지의 원대로 하옵소서" 하고 피를 토하는 것 같은 심정으로 간절히 기도하십니다.

이 기도는 하나님의 뜻을 이루어 드리려는 결연한 의지의 다짐이었고, 고민하고 슬퍼하신 것은 죽음 앞에 완전히 의연할 수 없는 인간적인 고뇌를 나타낸 것이었습니다. 히브리서에서는 이런 예수의 기도를 "통곡과 눈물로 간구와 소원을 올렸다(5장 7절)"고 표현하고 있습니다.

예수께서는 또 십자가 위에서 형벌을 당하실 때, 아버지 하나님을 찾으며 절규하셨습니다.

"제 구시 즈음에 예수께서 크게 소리 질러 가라사대 엘리 엘리 라마 사박다니 하시니 이는 곧 나의 하나님, 나의 하나님, 어찌하여 나를 버리셨나이까 하는 뜻이라(마태복음 27장 46절)"

십자가상의 극심한 고통 가운데서 하나님이 자기를 버리셨다는 것을 깨닫는 순간, 예수께서는 하나님과 단절되어 있는 인간을 생각하셨을 것입니다. "어찌하여 나를 버리셨나이까?" 하는 절규는 하나님과 분리되어 있는 우리 모든 인간을 대신한 부르짖음이었습니다.

마침내 그리스도께서는 우리를 대신해 죽으심으로써 단절되어 있는 하나님과의 관계를 회복시켜 주셨습니다.

　　육신을 입으시고 이 땅에 오신 예수께서는 우는 자들과 함께 울고, 슬퍼하는 자들과 함께 슬퍼하는 참사랑의 모범을 보여 주셨습니다. 그분의 울음은 우리의 웃음을 위한 것이고, 그분의 슬픔은 우리의 기쁨을 위한 것이고, 그분의 고민은 우리의 복락을 위한 것이고, 그분의 부르짖음은 우리의 생명을 위한 것이었습니다.

어제는 오늘의 그리움이다

가을날 소리 없는 별 아래

편지를 뜯으며

한 소경을 기다린다

하늘에 금이 가는 거미줄이여!

(고은, 「편지」 중에서)

IV

사
신
私信

감사의 인사

아우의 정년 퇴임 기념 문집 간행에 즈음하여,
아우와 연구 활동을 함께해 온 분들에게

•
•
•

아우 변재균 교수의 회고록을 읽고, 놀랍고 기쁘고 자랑스러운 마음을 가눌 수가 없었습니다.

결코 평탄하기만 한 세월이 아니었는데도 그토록 많은 일을 해낸 것이 놀라웠고, 우여곡절이 적지 않았는데도 정년을 맞을 때까지 건강을 지킬 수 있은 것이 기뻤습니다. 그러나 무엇보다도 저를 자랑스럽게 한 것은 그동안 제 아우 변 교수가 수많은 선배, 동료, 후배들의 사랑과 보살핌을 넘치도록 받고 있었다는 사실을 확인한 것이었습니다. 오늘의 변 교수를 있게 한 것이 전적으로 여러분의 덕택이라는 것을 알게 되었습니다.

저는 제 아우 변 교수가 특별히 뛰어난 재능을 타고난 사람이라고는 여기지 않았습니다. 그런데 여러분께서는 이런 그를 갈고 다듬어, 쓸 만한 재목으로 만들어 주셨습니다. 그는 원래 미련하다 할 만큼 고지식한 사람이었습니다. 여러분께서는 이 미련함을 학문에 대한 변함없는 소신으로, 이 고지식함을 학문에 대한 더없이 강한 집념으로 드높여 주셨을 뿐 아니라 그에게 학문에 대한 바른 자세를 심어 주셨고, 전공에 대한 열정을 불어넣어 주셨습니다. 사람이, 특히 학자가 이 각박한 경쟁 사회에서 동학들의 사랑을 받는 것 이상의 축복이 어디 있겠습니까? 이는 제 아우의 홍복이요 우리 가문의 자랑이 아닐 수 없습니다.

저희 가족 모두가 이런 여러분께 머리 숙여 진심으로 감사를 드립니다.

비록 학교는 정년 퇴임을 했지만 학문의 손까지 놓은 것이라고는 생각하지 않습니다. 그가 계속해서 연구에 정진하고 후학들을 돌볼 수 있도록 저희 가족들이 힘을 모아 최선을 다해 도울 것을 약속드립니다. 여러분께서도 변함없는 사랑과 격려를 보내 주시기 바랍니다. 감사합니다.

2006. 12.

가족 대표 변재호 올림

기념 문집을 받고

은사 정희채 선생님께

●
●
●

선생님께 올립니다.

보내 주신 시·서·화집詩書畵集 잘 받았습니다.

선생님의 전화를 받은 후 내내 죄인의 심정으로 있었습니다. 소년 시절 선생님께 받은 그 과분한 사랑은 어른이 되고도 늘 가슴에 품고 살았습니다. 그러면서도 선생님을 찾아뵙지 못했습니다. 제 모습이 너무나 초라해서 감히 선생님 앞에 설 용기가 나지 않았었습니다. 선생님께서 서울 계실 때(국회의원 시절, 총장 시절) 찾아뵈려고 여러 번 계획을 세웠다가, 차마 용기가 나지 않아 주저앉곤 했었습니다.

시·서·화집을 보내 주신다는 전화를 받고, 여러 가지 상상을 해 보았습니다. 선생님께서 가끔 칠판에 학생들의 모습을 그려 보여 주시던 기억이 났습니다.

저는 지금 선생님의 시·서·화집을 앞에 놓고, 이분이 정말 팔순을 넘기신 분이 맞는가 하고 놀라고 있습니다. 선생님께서 팔순에 직접 그리신 '咆哮하는 호랑이', '雄飛하는 독수리'가 금방 살아 나올 것 같은 그 엄청난 필력에 숨이 막힐 지경입니다. 동시에 선생 님의 노익장老益壯하신 기백과 건강을 짐작할 수 있어 기쁘기 한량없습니다.

선생님, 저는 지금 말로만 듣던 '묵무필가墨舞筆歌'의 전형을 이 책을 통해 직접 대하고 있습니다. 젊으셨을 때의 선생님을 직접 뵙는 것 같습니다. 빨리 뵙고 싶습니다. 기회를 만들어 보도록 노력하겠습니다. 아무쪼록 내내 건강하시도록 빌고 있겠습니다.

2008. 9. 6.
제자 변재호 올림

:: 정희채 선생님은 내 고등학교 1학년 때의 담임 선생님이셨다. 서울대학교 법과대학을 갓 졸업하신 영어 담당의 미남 총각 선생님 이셨는데, 그림과 글씨 솜씨가 뛰어나신 분으로, 가끔 칠판에 그리시는 우리들의 초상화는 우리를 많이 놀라게, 그리고 즐겁게 해 주셨다. 선생님은 특히 목소리가 좋으셨다. 그 목소리를 듣고 있으면 야단을 맞아도 오히려 기분이 좋을 정도였다. 나는 그런 목소리로 꾸중보다는 칭찬을 더 많이 들었던, 선생님이 가장 사랑하시던 제자였다. 학교를 떠나신 후 미국 유학을 거쳐 대학교수가 되셨다는 소식을

들었는데, 그 후 정계에 투신하여 두 차례(10대, 11대) 국회의원을 지내셨다. 그리고 관직으로는 문교부 차관을 겸임하시고는, 다시 대학으로 돌아가 서울시립대학교 총장을 역임하셨다. 나는 이런 선생님을 찾아뵙고 싶었지만, 선생님이 나와는 너무나 먼 곳에 계신 것 같아서 차마 용기를 내지 못하고 미루고 미루다가 50년의 세월이 흐르고 말았었다. 그런 선생님께서 직접 전화를 걸어 주셨다. 전화 목소리를 듣는 순간 느닷없이 선생님일지도 모른다는 생각이 들었다. 목소리가 왠지 귀에 설지 않았다. 선생님 목소리를 들은 지 60년도 훨씬 넘어 내 귀가 그 목소리를 기억하고 있을 리가 없는데도, 왜 그런 느낌이 들었는지 내가 생각해도 참으로 신기한 일이 아닐 수 없었다. 아마 선생님에 대한 죄스러운 마음과 선생님 목소리에 대한 그리움 같은 것이 나도 모르게 내 마음 한구석에 늘 자리하고 있었기 때문이 아닌가 한다.

어떤 사석에서 우연히 내 소식을 들었고 전화번호까지 알게 되어 부랴부랴 전화를 건다고, 아주 반가운 목소리로 하시는 말씀을 듣고 나는 몸 둘 바를 몰랐다. 기억하기도 어려울, 60년도 더 된 옛 제자의 이름을 찾아 전화를 걸어 안부를 물어 주는 스승이 세상천지에 또 어디에 있단 말인가! 반갑고 고맙고 죄스러워 눈물이 날 것 같았다. 그런 선생님께서 팔순 기념 문집으로 내신 『鄭熙彩 詩書畵集』을 보내 주셨다. 지금 나는 선생님께서 보내 주신 '먹이 춤추고 붓이 노래하는墨舞筆歌' 것 같은 웅혼雄渾한 필력 앞에서 선생님을 대하는 듯 감사의 눈물을 머금고 삼가 이 글을 쓴다.

격려 편지를 받고

은사 조영제 선생님께

•
•
•

선생님께 올립니다.

선생님 옥필玉筆을 받잡고 선생님을 곁에서 뵙는 듯하였습니다.

무엇보다도 그 도저한 필력을 통해 선생님의 건강을 가늠할 수 있어 더할 수 없이 기뻤습니다.

표구 잘 해서, 선생님 이야기와 함께 아이들에게 남기려고 합니다.

그쪽에 있는 배종문, 정희집 등과는 자주 연락을 하고 있습니다. 만나면 선생님 이야기로 꽃을 피우기도 합니다.

『杜詩諺解』를 보내 드립니다. 이쪽 계통으로는 가장 권위 있는 책으로 알려져 있습니다. '杜詩'는 한시 연구에, '諺解' 부분은 우리말 고문 연구에 정평이 나 있는 책입니다. 절판된 지 오래된 책이지만, 저에게 마침 여벌이 있었습니다. 선생님께 드릴 수 있어 기쁩니다.

선생님,

나이 칠십들이 넘었지만, 저희들은 언제나 선생님의 제자인 것을 자랑으로 살아가고 있습니다. 저희들 성장의 토대를 선생님께서 쌓아 주신 것을 잊지 않고 있습니다.

곧 찾아뵈올 수 있도록 주선하겠습니다.

건강하시도록 기도드리고 있습니다.

제자 재호 올림

:: 조영제 선생님은 내 초등학교 때 은사님이시다. 우리의 어린 시절을 가꾸어 주셨던 분이시며, 아직도 아련한 아픔으로 남아 있는 소중한 추억 같은 분이시다. 서예와 한학에 조예가 깊으셨던 선생님께서는 지금은 서예가가 되어 계시다. 내 첫 번째 수상집 『갓길에 서서』를 받으시고, 답례로 김구金九 선생님의 애창시愛唱詩였다는 "踏雪野中去 不須胡亂行 今日我行跡 遂作後人程"이라는 서산대사西山大師의 선시禪詩를 휘호揮毫로 보내 주셨다.

今日我行跡 遂作後人程*이란 구절이 새삼 나를 긴장하게 만들었다. 그동안의 내 발걸음이 어떠했는가? 지금 내 아이들이 겪고 있는 여러 시련들이 혹 나의 걸음 탓은 아니었을까? 조심스럽게 나를 돌

---

* 오늘의 내 발자취가 뒷사람의 길잡이가 된다.

아보게 했다. 이 시를 택해 보내신 선생님의 뜻이 그 속에 담겨 있는 것 같아, 아무리 세월이 흘러도 선생님은 여전히 선생님이시구나 하는 생각을 했다. 선생님의 입김을 곁에서 쏘이는 것 같아, 감사를 넘어 그리움이 밀물처럼 밀려왔다.

(2004. 9.)

손자 이름을 지어 보내며

해산한 며느리에게

•
•
•

아가, 보아라.

수고했다. 그리고 모자가 다 건강해 주어서 고맙다.

아기 이름은 민규旻圭라 지었다.

'민旻'은 '하늘'이라는 뜻이다. 하늘 중에서도 가을 하늘같이 맑은 하늘을 가리킨다. '민旻'에 '천天'을 더하여 '민천旻天'이라고 하면, '창 생蒼生을 사랑으로 돌보아 주는 어진 하늘'이라는 뜻이 된다.

'규圭'는 '상서로운 옥'을 뜻하기도 하고, '모서리'를 뜻하기도 한다. 그리고 이 자는 항렬자行列字다. 귀한 아들이라 항렬자를 택했다.

민규旻圭는 '하늘에 빛나는 맑은 옥'이라는 뜻도 되고, '하늘 모서 리'라는 뜻도 된다. 옥은 여자에게만 쓰는 말은 아니다. 귀하다는 뜻 으로 더 많이 쓰이는 말이다. 옥동자玉童子라는 말도 있지 않으냐. 모서리는 모퉁이라는 뜻인데, 성경에 나오는 '모퉁잇돌'과 연결시키고 싶었다.

"너희는 사도들과 선지자들의 터 위에 세우심을 입은 자라 그리스도 예수께서 친히 모퉁잇돌이 되셨느니라(에베소서 2장 20절)."

하늘에 빛나는 옥 같은 존재로, 만인의 터 위에 없어서는 안 되는 귀한 존재로, 우뚝 선 모퉁잇돌 같은 그런 인물로 자라 주기를 바라는 간절한 소망을 실었다. 마음에 들었으면 좋겠다.

(2007. 1.)

귀한 걸음에 감사하며

아들 결혼식에 참석해 주신 선배 선생님께

•
•
•

이○○ 선생님께

선생님 존안을 뵈옵고, 반갑고 감사해서 몸 둘 바를 몰랐습니다.

우선 건강하신 모습을 뵈올 수 있어 너무 반갑고,

먼 데까지 발걸음을 하시게 한 무례 때문에 몸 둘 바를 몰랐습니다.

특히 정성껏 써 주신 휘호揮毫는

저희를 너무도 감격스럽게 했습니다.

아이들에게 집 안에 걸어 놓고 평생의 계명으로 여기고 살라고

일렀습니다.

천금에 값하는 귀한 선물을 주신 데 대하여

평생 그 고마움을 잊지 않겠습니다.

직접 뵈옵고 인사드릴 수 있는 기회를 만들도록 노력하겠습니다.

내내 건강하시며,

하나님의 은총이 항상 함께하시기를 기원합니다.

2001. 10.

불초 후학 변재호 올림

초대에 감사하며

옛 제자들의 초대에 다녀와서

•
•
•

권 사장 보시게.

자네들 만나고 돌아오는 마음이 그렇게 뿌듯할 수가 없었네. 해마다 잊지 않고 찾아 주는 자네들 정성이 정말 눈물겨웠네. 일부러 '스승의 날'을 전후하여 날을 잡는 자네들의 뜻을 알기에 더욱 그랬네.

감사할 일을 한 것이 없는데 감사 인사를 받는 것만큼 민망한 일은 없는 법인데, 지금의 내 심정이 바로 그렇다네.

아무리 생각해도 제대로 스승 구실을 한 적이 없는 나에게 자네들의 이런 호의는 나의 경우 너무 과분한 대접이네. 더구나 벌써 40년이 다 된 세월이 아닌가? 고마운 마음 이루 헤아릴 수가 없네. 함께한 모든 친구들에게 나의 이 마음을 전해 주시게.

재계, 관계, 법조계, 학계 등 각계각층에서 나라의 중추가 되어 거침없이 당당히 살아가고 있는 자네들이, 보면 볼수록 더없이 자랑스럽네.

돌아와서 아내에게 자네들 이야기를 하며 밤을 지새웠네. 어제는 친구들 모임이 있어 거기에서도 자네들 자랑을 했네. 자식이나 제자들 자랑하는 것이 늙은이들에게는 얼마나 큰 기쁨이 되는지, 자네들은 아마 아직 잘 모를 걸세.

일전에는 '대한전선' 문 부사장의 주선으로 아내와 함께 무주 리조트 초호화 호텔에서 2박 3일 동안 한껏 호사를 누리고 왔네. 마침 우리 결혼기념일이 겹쳐, 덕택에 내가 크게 생색을 낼 수 있었네.

내가 이렇듯 여러모로 자네들의 돌봄과 사랑을 넘치도록 받고 있는 것이 염치없지만, 내 복으로 생각하겠네.

다들 항상 건강하고 행복하기를 빌고 있겠네.

2010. 5.

조의를 표하며

옛 제자의 상배 소식을 듣고

•
•
•

○○ 군,

상배 소식을 듣고 무척 놀랐네.

삼가 조의를 표하네.

상식적인 위로가 지금의 자네에게 무슨 도움이 되겠나마는 그래도 달리 방법이 없으니 가슴만 아플 뿐이네. 오래 앓고 있었다니 그동안 마음고생이 많았겠네.

가족 관계가 어떻게 되는지 모르지만, 마음을 추슬러 지금부터 생각하고 결정하고 해결해야 할 일들이 많을 걸세.

나도 똑같은 일을 겪은 사람이라, 자네의 처지를 많이 이해할 수 있을 것 같네. 아무쪼록 힘내시게. 자네를 위하여 기도함세.

(2004.)

선물을 받고

옛 제자의 선물을 받고

•
•
•

차 군,

추석 잘 보냈을 줄 믿네.

나도 자네들 덕택에 행복한 명절을 보낼 수 있었네.

자네가 보내 준 선물로 식탁이 풍성했고, 흥식 군이 내 준 책으로 하여 화제가 풍성했네. 다들 부러워하는 자랑스러운 명절이었네.

감사하는 마음을 이런 식으로 전하네.

항상 건강하고, 계획하는 일마다 큰 성취가 있기를 빌고 있겠네.

(2004. 9.)

성경과 비유

성경과 비유에 관하여 물어 온 교우에게

•
•
•

형은 나에게 성경과 비유에 대하여 물으셨습니다. 사실 성경은 많은 내용이 비유로 이루어져 있습니다. 성경은 당시의 그분의 이야기인 동시에 지금 살아 계신 그분께서 직접 나에게 하시는 말씀이기도 하기 때문입니다.

성경을 살아 계신 하나님께서 직접 우리에게 주시는 메시지로 읽는 것을 레마(Lema)라고 합니다.

비유는 특수한 사실을 일반화하고 추상화해서 보편적 진리로 바꾸어 놓습니다. 비유는 과거의 사실을 현재의 의미로 되살려 줍니다. 비유는 표현 효과를 증대하여 막연한 것을 구체적인 것으로 인식하게 만듭니다. 비유는 진술상의 모순을 합당한 의미로 바로잡아 줍니다. 이것이 비유의 힘입니다. 그래서 오늘은 형의 질문에 답할 겸

성경과 비유에 대하여 내 자신의 생각을 말해 보려고 합니다. 이것은 다분히 문학적인 발상이기 때문에 목사님들의 생각과 다를지도 모르겠습니다. 참고로 들어 주시면 고맙겠습니다.

성경은 하나님의 말씀입니다. 하나님이 바로 내 옆에서 나에게, 혹은 권면하고 혹은 경고하고 혹은 질책하고 하는 것이 성경이라고 합니다. 성경에서도 '교훈과 책망과 바르게 함과 의로 교육하기에 유익한 것'이라고 가르쳐 주고 있습니다. 이렇듯 성경을 살아 계신 하나님께서 우리에게 직접 하시는 말씀이라고 생각하기 위해서는, 성경 내용을 비유적으로 해석하는 것이 마땅합니다. 그리고 실제로 성경은 대부분 비유로 이루어져 있습니다.

다시 말합니다. 비유는 특수한 사실이나 진리를 보편적인 진리로 바꾸어 놓음으로써 시간과 공간을 초월하여 그 뜻을 전달하는 힘을 가집니다.
"예수께서 이 모든 것을 무리에게 비유로 말씀하시고 비유가 아니면 아무것도 말씀하지 아니하셨으니 이는 선지자로 말씀하신 바 '내가 입을 열어 비유로 말하고 창세부터 감추인 것들을 드러내리라' 함을 이루려 하심이라(마태복음 13장 34~35절)" 성경은 이 사실을 이와 같이 지적하고 있습니다. 그래서 성경을 흔히 비유의 보고寶庫라고들 하는 것입니다.
예를 들어 보겠습니다. 마태복음 4장 4절에 "사람이 빵으로만 살

것이 아니요 하나님의 입으로 나오는 모든 말씀으로 살 것이라 하였 느니라 하시니"라는 대목이 있습니다. 여기서 '빵'은 "빵을 배급하 는 자는 권력을 배급한다"라든지 "눈물 젖은 빵을 먹어 보지 못한 사 람은 인생을 얘기하지 말라" 등에서 볼 수 있듯이 흔히 '양식'을 가 리키는 비유로 쓰이는데, 여기서는 '육신의 양식'을 가리킵니다. 거 기 비해 '말씀'은 영적인 양식을 뜻합니다. 그리고 '말씀'의 주체가 하나님이시기 때문에 '말씀'은 곧 하나님이십니다. 그래서 이것은 우리를 진정으로 살게 하는 생명의 본체가 바로 하나님이심을 나타 내는 내용이 됩니다. 다시 말하면 하나님을 떠나서는 살아갈 수 없음 을 강조한 말이 됩니다.

하나만 더 예를 들겠습니다. 마태복음 7장 6절에 "거룩한 것을 개 에게 주지 말며 너희 진주를 돼지 앞에 던지지 말라. 그들이 그것을 발로 밟고 돌이켜 너희를 찢어 상할까 염려하라"는 대목이 있습니 다. '개나 돼지'는 보통 '부정한 동물'의 대명사로 쓰입니다. '개 같은 놈'이라든지 '돼지 같은 인간' 등의 표현이 그것을 단적으로 나타냅 니다. '거룩한 것이나 진주'는 '신성한 것이나 고귀한 것'을 나타내 는 말입니다. 비천한 것에 귀한 것을 주어서는 안 된다는 뜻으로 우 리 속담 '개 발에 주석 편자'와 같은 뜻입니다. 그런데 이것을 성경에 적용시키면 '개나 돼지'는 '하나님께 대적하거나 그리스도의 복음 사역을 방해하는 자'가 되고, '거룩한 것이나 진주'는 '하늘나라의 고 귀함과 그리스도의 복음'을 의미합니다. 이때 비유의 본체인 첫 번째 예의 '양식'이나 두 번째 예의 '비천한 것'을 본의本義 또는 원관념元觀

손이라 하고, 비유된 '빵'이나 '개나 돼지'를 유의喩義 또는 보조관념補助觀念이라 합니다. 문제는 어떤 내용이 비유적인 진술이고 어떤 부분이 사실의 진술인지, 어떤 것이 본의本義이고 어떤 것이 유의喩義인지를 판단하는 일입니다. 이것을 정확히 판단해야 그 글이나 말의 진의를 파악할 수 있습니다. 그래야 그 내용들이 시대와 공간을 관통하는 진리로 수용될 수 있는 것이며, 그래야 그 내용들이 지금도 살아 계시는 우리 주 하나님의 생생한 목소리가 될 수 있는 것입니다.

비유는 과거의 사실을 현재의 의미로 되살려 줍니다. 성경에 나오는 이야기는 다 과거의 이야기입니다. 그러나 그것이 과거의 이야기로만 그친다면 현재의 우리에게는 교훈을 주는 이외의 의미는 없습니다. 그것이 현재 생생한 우리의 이야기도 될 수 있을 때 비로소 가치가 있는 것입니다. 그렇게 되려면 그것이 비유된 것이라야 합니다. 가령 '돌아온 탕자' 이야기에서 그것이 특정한 사람의 가족 이야기에 그친다면 우리와는 상관없는 사건이 됩니다. 그러나 그 탕자가 모든 사람을 예표하는 비유적 인물이라면 그것은 곧 현재의 우리들의 이야기가 될 수 있는 것입니다. 성경에 나오는 대부분의 이야기가 다 그렇습니다. 과거 이스라엘 이야기가 현재 우리의 이야기가 될 수 있는 것은 비유의 힘 때문입니다.

성경에는 진술된 내용 자체를 그대로 비유적 표현으로 보아야 하는 경우가 많습니다. 이것은 표현된 의미가 확대되거나 추상화되어 표현

효과를 더하는 특징이 있습니다. 앞에서 예를 든 '개나 돼지'가 '비천한 인물'을 뜻했다가 '하나님께 대적하거나 그리스도의 복음 사역을 방해하는 자'로 해석된다든지, '빵'이 '양식'을 뜻했다가 '육체의 양식'으로 해석되는 것은 의미가 확대된 것입니다. 그리고 '흙을 먹는 생활(뱀처럼)'은 '굴욕스러운 생활'을, '젖과 꿀이 흐르는 땅'은 '살기 좋은 이상향'을, '가시나무와 엉겅퀴'는 죄에 대한 형벌을, '감람나무'는 평안과 축복을 각각 나타낸다든지 하는 것은 의미가 추상화된 경우입니다. 이런 예를 들려면 한이 없습니다. 이런 비유적 의미를 잘 이해하면 성경은 살아 있는 하나님의 생생한 육성이 될 수 있습니다.

성경에는 여러 가지 진술상의 모순이나 비논리적인 내용들이 들어 있습니다. 그러나 이 진술상의 모순이나 비논리적인 내용들을 비유적 진술로 해석하면 합당한 의미를 획득할 수 있습니다. 예를 들면 출애굽기 24장 9~11절에 "모세와 아론과 나답과 아비후와 이스라엘 장로長老 칠십 인七十人이 올라가서, 이스라엘 하나님을 보니 그 발 아래에는 청옥靑玉을 편 듯하고 하늘같이 청명淸明하더라. 하나님이 이스라엘의 존귀尊貴한 자者들에게 손을 대지 아니하셨고 그들은 하나님을 보고 먹고 마셨더라"는 내용이 있습니다. 그런데 출애굽기 33장 18절에서 "원컨대 주의 영광을 내게 보이소서"라는 모세의 요구에 대하여 "네가 내 얼굴을 보지 못하리니 나를 보고 살 자가 없음이니라(20절)"고 답한 여호와의 말씀과 "본래 하나님을 본 사람이 없으되 아버지 품속에 있는 독생하신 하나님이 나타나셨느니라"는 요한복음 1장 18절의 내용 등을 근거로 하나님의 참모습은 아무도 볼 수 없고, 보아서도 안 되고, 또 본 사람도 없는 것으로 알려져 있습니다. 그런데 실제로는 앞서 예를 든 출애굽기 24장 9~11절에 이스라엘 장로 70인이 하나님을 만난 내용이 실려 있습니다. 출애굽기 33장 11절에는 "사람이 그 친구와 이야기함같이 여호와께서는 모세와 대면하여 말씀하시며"와 같이 모세가 하나님을 대면한 이야기가 나오고, 창세기 32장 30절에는 "야곱이 그곳 이름을 브니엘이라 하였으니 그가 이르기를 내가 하나님과 대면하여 보았으나 내 생명이 보전되었다 함이더라"와 같이 야곱이 하나님과 대면한 이야기가 나오는 등이 그것입니다. 이는 분명 앞뒤가 맞지 않는 진술상의 모순입니다. 그러나 이런 진술상의 모순도 이를 비유적 진술로 보면 극복할 수 있습니다.

그 방법은 이렇습니다. 우선 어느 한 사실을 '사실의 진술'로 규정해 놓고, 이와 상치되는 모든 내용을 비유적 진술로 보는 방법입니다. 위의 경우를 예로 든다면 '하나님은 절대로 볼 수 없다'는 사실을 '사실 진술'로 규정해 놓고, 그와 상치되는 내용 즉 '하나님을 만났다'는 것을 비유적 진술로 보는 것입니다. 원래 하나님은 영靈이시므로 그 본체가 없습니다. 따라서 그들이 본 하나님의 모습은 '하나님의 진면목'이 아니라 하나님이 인간의 수준을 생각하여 그때그때 그 상황에 알맞은 모습으로 계시하신 가상假象, 또는 이상異象으로 해석하는 것입니다. 실제로 성경에서는 하나님이 여러 모습으로 나타나십니다. 모세가 호렙산 떨기나무 불꽃 가운데서 만난 하나님은 여호와의 사자였고, 다니엘이 환상 속에서 본 하나님은 보좌 앞에 앉은 왕의 모습이었고, 여호수아가 여리고 광야에서 만난 하나님은 여호와의 군대 장관이었고, 얍복강가에서 야곱이 만난 하나님은 씨름꾼이었으며, 예수님은 성육신하신 하나님의 모습입니다. 이 밖에 "내 영광이 지날 때에 내가 너를 반석 틈에 두고 내가 지나도록 내 손으로 너를 덮었다가, 손을 거두리니 네가 내 등을 볼 것이요 얼굴은 보지 못하리라(출애굽기 33장 22~23절)"에서와 같이 하나님의 신체의 여러 부분들－손, 팔, 등, 발 등－에 관한 묘사도 여러 곳에서 발견되고 있는데, 이것도 비유적 표현으로 보아 '손이나 팔'은 하나님의 '능력'을, '등'은 하나님의 '반영'을, '발'은 하나님의 '임재'를 각각 비유한 것으로 해석하면 내용이 추상화되어 진술상의 모순을 극복할 수 있습니다.

이렇게 하나님은 변화된 모습으로 우리 앞에 나타나시지만, 아무도 볼 수 없고, 보아서도 안 되고, 또 본 사람도 없는 하나님의 참모습은 영원히 불변 부동이십니다.

나는 전공자가 아니기 때문에 말하기가 여간 조심스럽지 않습니다. 혹 목회자들과 의견이 다를 수 있습니다. 나는 단지 내가 가지고 있는 조그마한 문학적 상식을 가지고 이야기한 것에 지나지 않으니까 그 점 유념해 주셨으면 합니다. 여기에서 예를 든 성경 해석은 물론 일반화되어 있는 해석을 기준으로 한 것이지 내 독단적인 해석은 아니기 때문에 그 점은 안심해도 되겠습니다.

내 글에 대하여

내 글에 귀한 충고를 해 준 벗에게

●
●
●

K 형,

어느 틈에 봄이 훌쩍 지나가 버린 것 같네. 우리 집 베란다에 아내가 만들어 놓은 조그마한 화단이 있는데, 그 속에서 나 보란 듯 의기양양하게 피어 있던 군자란이 이제는 지지 않으려고 마지막 안간힘을 쓰고 있네.

편지 참 고마웠네. 세상에 내 글을 그렇게 자세히 읽어 주는 사람이 있었다니, 형의 성의가 나를 퍽 행복하게 했네. 형의 글을 읽고 '아차' 하는 부분도 있었고, '그렇지' 하는 부분도 있었네. '아차' 하는 부분은 나도 무심히 넘긴 내 실수를 그때야 알아차린 것이고, '그렇지'는 형의 지적에 전적으로 동의하는 부분일세.

모 학원에서 간행한 「논술 컨설팅」이라는 프로그램에 한 2년 '작문 교실', '논술 교실'이란 이름으로 문장 작법에 관한 글을 연재한 적이 있었네. 그때 생각하고 고민했던 내용 중 형이 지적한 것과 겹치는 것들이 있어, 이 기회에 그것들에 대하여 형의 고견을 들어 보고 싶어 이 글을 쓰네. 이미 나에게는 부질없는 일이 되었고, 잘못하면 공연한 오해를 불러일으킬 수도 있겠다 싶어 사실 많이 망설였었네. 그런데 현재 교단에 서 있는 몇몇 제자들이 간혹 작문을 가르치며 겪는 문제들을 물어 오는 일이 있는데, 공교롭게도 그들이 질문하는 내용과도 겹치는 것이 있고 해서, 내 생각을 정리도 할 겸 이 글을 쓰기로 결심한 것이네.

1. 피동형에 대하여

피동문은 나도 되도록 삼가는 편이지만, 그렇다고 외면할 일만은 아니라고 생각하네. 피동의 의미가 있으니까 피동의 어형이 생기는 것이 아니겠나?

한문 공부를 하면서 피동사 익히느라 쩔쩔매던 기억이 아직도 생생하네.

형도 잘 알겠지만, 현재 우리가 쓰고 있는 피동형은 중세 국어에서도 자주 발견되는 우리말 고유의 어형이네. 중세 국어에서도 현대어와 같이 피동 형태소 '-이, -기, -히'가 붙는 피동사에 기댄 피동문이 있고, 피동 조동사 '-(어) 디다'가 붙어 피동문이 되는 경우도 있네. 그러니까 피동형 자체가 영어 냄새가 난다는 것은 좀 지나친 생각이 아닌가 하네.

몇 가지 예를 들어 보겠네.

"東門이 도로 **다티고**(닫+히+고)(월인셕보)"－히－

"바르미 아니 닐면 믈 **담꼴**(담+기+오+ㄹㆆ) 거시 업스릴새(월인셕보)"－기－

"모든 사르미 막다히며 디새며 돌ㅎ로 텨든 **조치여**(좇+이+어) 두라 머리 가(셕보상절)"－이－

"和沙大國은 王이 威嚴이 업서 나 손에 **쥐여**(쥐+이+어) 이시며(월인셕보)"－이－

"프른 거시 드려시니 바라매 竹筍이 다 **것거뎻고**(디+엣+고)(두시언해)"－(어) 디다－

"드트리 드외애 **붓아디거늘**(디+거늘)(셕보상절)"－(어) 디다－

물론 오늘날처럼 피동문이 생산적으로 확산된 것은 서구어西歐語 표현 방식의 영향이 컸을 것이네. 하지만 이것은 다른 각도에서 보면 문화 환경의 변화에 따른 언어 환경의 변화 탓이라고 할 수 있지 않을까? 언어 환경의 변화가 표현 방식의 변화를 가져오는 것은 자연스러운 일이겠고.

억지로 피동문을 피하려다 보면 '의미의 충돌'이나 '의미의 손상'을 가져올 수도 있지 않을까 생각하네. 마땅한 자료가 없으니 형이 지적한 내 글의 경우를 예로 들어 보겠네(자기변명같이 되어서 미안하네).

- '연하장이 왔다' 와 '연하장이 부쳐 왔다'

그해에 나는 이십여 통의 연하장을 받았네. 특정한 사람이 한꺼번에 인쇄하여 인사치레로 마구 뿌린 것 외에는 모두가 이메일을 통해 전송되어 온 것이었네. 손수 써서 **'부쳐 온 것'**은 형의 것이 유일한 것이었네. 형의 필적을 직접 대하는 것도 반가웠고, **'부쳐 왔다'**는 사실 자체도 나를 퍽 행복하게 했네. 컴퓨터에 전송되어 온 것과는 그 느낌이 사뭇 달랐네. **'부쳐 오지'** 않았으면 형의 반가운 필적과 고마운 마음씨를 어찌 직접 대할 수 있었겠는가? 그래서 내가 그 글을 쓴 것이네. 말하자면 **'부쳐 왔다'**는 사실이 내 감동의 고리였네. **'부쳐'**를 빼면 감동은 사라지고 사연만 남네. 얼마나 큰 의미의 손상인가? 이것이 내가 생각하는 **'연하장이 왔다'**와 **'연하장이 부쳐 왔다'**의 차이였네. **'연하장이 왔다'**, **'연하장을 받았다'** 하면 으레 이메일을 연상하는 것이 요즘 세상이 아닌가?

- '전시장 가득 채워진 靜靜의 의미'

이때 **'채워진'**을 **'채운'**으로 바꾸면 동작주動作主의 의지가 달라지네. 靜靜은 작품에 의해 자연스럽게 채워진 것이지, 작품이 靜靜을 채우기 위해 의도적으로 제작된 것은 아니지 않은가? **'채운'**은 동작주의 의지를 담은 능동사이므로, **'채운'**으로 바꾸면 작품의 의도가 정을 채우기 위한 것으로 제한될 위험이 있으니 말이네. 이런 경우를 '의미의 충돌'이라고 한다면 틀린 말이 되는 것인지 모르겠네.

• '매미라고 불리는 태풍'

우리가 겪는 태풍은 언제나 누군가가 '○○'라고 이름 붙여 놓은 것이었네. 결코 내가(우리라 해도 다를 것이 없네) 명명자는 아니었네. 나는 한 번도 명명자의 대열에 서서 자연을 대해 본 적이 없네. 나는 '○○라고 부르는' 자연이 아니라 '○○라고 불리는' 자연 앞에서 항상 왜소한 존재로 그렇게 위치해 있었네. 그래서 자연으로 인하여 겪는 피해는 늘 영문 모르고 당하는 억울하기만 한 것이었네. 지금도 나는 자연을 두고 차마 '○○라고 부르는'이라고 말할 용기가 없다네.

나는 피동형이 단순한 표현 형식의 문제만은 아니라는 생각을 진작부터 해 왔었네. 그것은 세상을 대하는 마음가짐의 표현이기도 하다고 말일세. 나는 요즘 예수쟁이들 속에서 피동문에 묻혀 사네. 하나님 앞에서 우리는 모두가 피동형의 존재들이 아니던가? 그래서 그런지 목사님들 설교 속에 가장 많이 나오는 말이 '되어지다'라는 말이네. 피동을 나타내는 '되다'라는 자동사에 피동 접미사 '-지다'를 붙여 만든 이 어색한 이중피동형을 대하고, 처음에는 우리 어법을 몰라서 하는 말이거니 했는데 찬찬히 따져 보니 '되다'와 '되어지다' 사이에는 분명히 의미의 차이가 있었네. 의미의 차이가 생겼으면 수

용할 수밖에 도리가 없지 않은가? 우리 문법에서도 그것을 인정하고 있네.

" '연이 전깃줄에 **걸어졌다**'
이것은 그런 결과가 **이루어지기**를 바라는 어떤 의도적인 힘이 **가해져서** 그렇게 **되어지는** 것을 **보이는** 듯하다."

이 피동형투성이의 글은 학교 문법의 틀을 세운 남기심, 고영근 공저의 『표준 국어문법론』 중 피동문을 설명한 부분에서 따온 것이네.
능동문이 피동문보다는 당당하고 힘이 있어 나도 능동문을 좋아하고 학생들에게도 되도록 그렇게 하도록 권했지만, 그것은 어디까지나 효과상의 문제지 뜻까지 거슬러 가며 억지로 피하자는 것은 아니었네. 피동문은 피동문 나름대로 의미와 역할이 있다고 생각해서 하는 말이네.

2. 의존명사 '것'에 대하여

'것'이 'thing'의 번역어로, 고유어가 아니라는 말은 나를 매우 의아하게 했네. 그렇다면 『용비어천가』를 위시해서 고시조에 이르기까지 우리 고어에 나오는 그 많은 '것'은 어떻게 설명해야 하는가? 우선 얼른 생각나는 것만 들어 보겠네.

우는 **거시** 버국이가 프른 **거시** 버들숩가(고산)

山林에 뭇쳐이셔 지락을 모롤 **것**가 (상춘곡)

七縱七擒을 우린들 못홀 **것**가 (선상탄)

올 제도 혼 **것**도 가져온 **것** 업고(야운)

　　가령 '우는 **거시** 버국이가'를 '우는 **새가** 버국이가'로 고치면 어떻게 되겠는가? '**우는 것→새→버국이**'로 이어지는 상념의 층절層折은 아무 의미도 없다는 말인가?

　　"가장 일인의 압박에 견디어 온 **것**은 가장 선량한 인민들이었던 **것**이다."

　　정지용의 글이네. 이 글 맺음의 "**인민들이었던 것이다**"를 "**인민들이었다**"로 고치면 그 뜻하는 바가 달라지지 않는가? "**인민들이었다**"는 사실의 진술이고, "**인민들이었던 것이다**"는 진술된 사실의 확인이네. 앞에 같은 내용의 진술이 있었다면 당연히 "**인민들이었던 것이다**"라야 하지 않겠는가?

　　"더욱 모순되는 **것**은, 식사 풍경은 고립적인 **것**이지만 상에 차려 놓은 반찬은 공통적인 **것**이다. 이러한 **것**이 바로 한국 사회의 상징이기도 하다."

이어령 님의 글이네. 여기 나오는 '것'을 모두 알맞은 자립명사로 바꾸어 쓸 수 있을까?

오래되어 지금은 자료도 원고도 다 없어지고 말았지만, 「'것'의 문장상의 효능」이라는 제목으로 내가 나름대로 조사하여 발표도 하고 글로 쓰기도 하고 한 적이 있었네. '불완전성의 효능, 지시·확인의 효능, 강조의 효능, 문장의 가락을 돕는 효능' 등으로 나누었던 것으로 기억되네. 다른 일에 몰두하느라 더 이상 조사하고 생각하는 일은 중단하고 말았지마는, '것'이 문장에서 의미 이상의 많은 역할을 한다는 신념은 지금까지 버리지 않고 있었는데, 형의 말을 듣고 보니 아이들에게 큰소리치며 가르쳤던 것이 후회가 되네.

3. 단락 사이 한 행을 비우는 구성에 대하여

이것은 내 나름으로 시험을 좀 해 본 것이네. 대체로 화두가 바뀌는 단락일 경우에는 한 행을 비우고, 화제가 바뀔 때는 줄을 바꾸고, 이런 구조는 흔히 있는 일이 아닌가? 논술의 경우에는 화두가 바뀔 때 소제목을 붙이거나 번호로 구분하거나 하는 방법을 많이 쓰지만, 그냥 행을 비우는 경우도 교과서에 몇 개의 예가 있네. 비논술적 문장에서는 김동리, 황순원, 오영수의 단편에서도 더러 본 적이 있고, 이어령의 「수인 영가囚人靈歌」라는 글에는 3쪽에 불과한 글에 무려 일곱 개의 행간行間을 비운 단락이 있네. 무엇보다도 형의 글에 많이 나오는 구조가 아닌가? 지금 형의 저서 『익살』을 들고 집히는 대로 펼쳤더니 「때국 사람들도 웃더라(1)」이라는 글이 나오는데, 행간을 비운 다섯 개의 단락으로 되어 있네. 나는 이런 배열이 참 좋다고 생각했네. 그래서 엉뚱한 생각을 좀 해 본 것이네.

최근에 일본의 어느 수필에서 '그러나'라는 접속사 하나가 앞뒤 행을 비운 한 단락을 이룬 것을 보았네. 왜 이랬을까 생각하면서 '아아'라는 감탄사 하나로 한 연을 만든 박목월의 「정원」이라는 시를 생각했네. 그러면서 산문의 단락도 행간을 비움으로써 단순한 의미의 묶음에서 벗어나 시의 연처럼 의미의 비약이나 암시, 분위기의 전환, 가락의 조정 등의 역할까지도 겸하게 할 수 있지 않을까 생각했었네. 그래서 한 행으로 한 단락을 만들어 보기도 하고, 일반 진술을 한 단락으로 하고 구체적 진술은 화제에 따라 따로따로 단락을 만들어 보기도 하고, 행문의 가락 조정을 위한 단락을 설정해 보기도 하고 했는데, 아무래도 무리한 시도인 것 같네. 형의 충고도 있고 해서 원상으로 돌려놓을 생각이네.

4. 문장의 길이에 대하여

'문장은 짧게, 표현은 간결하게', 학생들에게 늘 강조해 온 것이 이것이었네. 그래야 말한마디에도 긴축이 있고 선명한 인상을 주는 것이라고 상식적인 설명을 더하기도 하고, 그래야 생각이 솔직하고 명쾌하게 드러나 직절直截하고 표일飄逸한 품격까지 갖출 수 있다고 부추기기도 하고 그래 왔었네. 물론 이것이 학생들의 약점을 최소화할 수 있는 방법이라는 것도 일깨워 주고 말일세.

그런데 이것은 학생들을 상대로 했을 때고, 실제 나의 경우는 생각이 좀 달랐네. 언젠가 문체는 한결같아야 한다는 주장을 하다가 문체를 전공하는 친구에게 심하게 면박을 당한 적이 있네. 이 친구가 '문체는 시추에이션이다'라는 사르트르(?)의 문체론을 들이대면서 문체는 상황에 따라, 화제의 내용이나 행문의 분위기에 따라 알맞게 수시로 변해야 그것이 살아 있는 문체라고 말하는 것이었네. 사르트르의 문체론을 접해 본 적이 없어 무어라고 말할 수는 없었지만, 틀린 말만은 아니라고 생각했었네.

그런데 이와는 별도로 나는 문장의 길이(문체)는 문장의 호흡 같은 것이라고 생각해 왔었네. 사람의 호흡이 길기만 해서도 안 되고, 짧기만 해서도 안 되는 것처럼 문장도 장단의 조화가 필요하다고 생각했다는 말이네. 나는 대체로 짧은 문장보다는 오히려 긴 문장을 더 좋아하는 편이었네. 대학생 때였네. 박태원의 단편들을 읽다가 작품 한 편이 센텐스 하나로 이루어져 있는 것을 발견하고 놀란 적이 있었네. 끝없는 미로를 이리저리 헤치고 가듯, 주술 관계를 다치지 않고 용케 이어 가는 그 빨랫줄 문장을 접하고 만연체의 진수를 보는 것 같았네. 김진섭의 만연체와는 다른 신선함이 있었네. 마침 짧게 짧게 끊어 가는 이태준이나 김동인류의 문체를 답답해하던 참이라, 이런 긴 문장이 오히려 숨통을 틔워 주는 것 같았네. 이때부터 나는 긴 문장을 좋아하기 시작했네. 더듬거리는 것 같으면서도 할 말은 다하고 마는 서정주의 산문이 좋았고, 만연체 냄새를 별로 풍기지 않으면서 문장을 길게 이어 가는 정지용의 스마트한 문체에 매료되기도 했었네. 그러다가 길고 짧은 문장을 함께 섞어, 간결체니 만연체니 하는 고정관념을 허물어 버리는 것이 오히려 문장에 자연스러운 호흡을 실어 주는 것이 되지 않을까 하는 생각을 하게 된 것이네. 그런 의미에서 문장 길이의 장단에 전혀 구애받지 않은 이어령의 분방한 문장이 참 마음에 들었네.

그동안 내가 낸 몇 권의 책은 모두가 참고서류였네. 이런 책은 문장이 절대로 짧아야 하지 않은가. 학생들에게 '문장은 짧게, 표현은 간결하게'를 역설하는 나는 별수 없이 짧은 문장만 쓸 수밖에 없었네.

이번에 내가 쓴 글들은, 말하자면 이런 틀에서 해방된 기분으로 쓴 것이네. 짧게 끊기보다는 가능하면 짧은 것을 이어 길이를 늘이기를 좋아했네. 물론 중심은 짧은 문장으로 하고 말이네. 이런 내 시도가 형의 마음에는 영 들지 않은 모양인데, 모처럼 내 딴에는 내 나름의 문장을 만들어 보겠다고 한 것이니 그 점 양해해 주었으면 좋겠네. 다시 살펴보고 좀 지나치다 싶으면 손질을 하겠네.

5. 단락의 길이에 대하여

형이 본 「노인」이라는 내 글에는 세 개의 단락으로 된 세 개의 이야기가 모두에 나와 있네. 이 세 개의 단락은 물론 내 이야기를 끌어내기 위한 보조 단락이네. 그런데 이 단락의 이야기를 정리하다가, 내 글을 읽는 사람 중에는 어줍은 내 생각보다는 카터 전 대통령이나 밥 호프 같은 사람에 관한 정보에 더 관심을 가질 사람이 오히려 많지 않을까 하는 생각을 했네. 그렇다면 보조 단락은 되도록 짧게, 길이는 균형을 잃지 않도록 해야 한다는 문장의 일반적인 틀을 어기더라도 좀 더 많은 정보를 제공해 주는 것이 내 독자에 대해 내가 할 수 있는 친절이 되겠다 싶어, 신문 기사를 스크랩하고 인터넷을 뒤지고 해서 되도록 많은 사연을 실으려고 했던 것이네. 사실 나도 이 작업을 통해 카터나 호프라는 사람에 대해 많은 것을 알게 된 것을 큰 수확으로 여기고 있네. 이제 세상 눈치 같은 것은 안 봐도 되는 한물 간 늙은이의 고집 같은 것인지도 모르겠네.

이 밖에 어휘 선정에 관해서나 시제나 동작상 등에 관하여 하고 싶은 이야기가 많지만, 너무 길어져서 이제 그만 줄여야 하겠네. 작문 강의를 하다 부딪쳤던 여러 문제들에 관하여 누군가를 붙들고 하소연 같은 것을 하고 싶었던 모양이네. 양해해 주시기 바라네.

욕교반졸欲巧反拙. 학생들에게 말로 글로 작문을 가르치면서 내내 나를 괴롭혔던 말이네. 정작 중요한 것은 제쳐 놓고 '巧'에만 매달리고 있는 자신이 부끄러워 그만두고 싶은 충동을 받은 적이 한두 번이 아니었다네. 결국 나는 그 중요한 것들을 제대로 심어 주지 못하는 한심한 교사인 채로 교단을 물러나고 말았네.